W0330892

15€

MARTHA GRIMES

Après des études de lettres à l'université du Maryland, État où elle a passé son enfance, Martha Grimes suit les cours du très réputé atelier d'écriture de l'université de l'Iowa, dont elle sort avec le titre de docteur ès lettres. Elle a longtemps enseigné l'anglais avant de se consacrer à l'écriture. Dès son premier roman, *L'Énigme de Rackmoor* (1991), ses enquêtes policières portent la griffe du commissaire Richard Jury et de son complice Melrose Plant, à l'exception de quelques romans, parmi lesquels *La Jetée sous la lune* (1994), *Le Crime de Ben Queen* (2003), *Les Fantômes du palace* (2008).

Son sens très fin de la psychologie et son habileté à recréer l'atmosphère propre aux romans policiers britanniques « classiques » lui ont valu de trouver une place de choix parmi les auteurs contemporains de littérature policière. Après *La Maison du Maître* (2010) et *Ce que savait le chat* (2011), *Le Mystère de la chambre 51* est publié en 2012. La même année, Martha Grimes a été nommée Grand Master par les Mystery Writers of America, distinction accordée à des auteurs comme Stephen King, Mary Higgins Clarks ou encore Graham Greene. Depuis, elle a écrit *Un gros poisson* (2015), *Vertigo 42* (2016), *Faites vos jeux !* (2019) et *Les trois font la paire* (2021). Tous ses ouvrages ont paru aux Presses de la Cité et sont repris chez Pocket.

LES TROIS FONT LA PAIRE

ÉGALEMENT CHEZ POCKET

UN MONDE IMPITOYABLE
UN GROS POISSON

LES ENQUÊTES D'EMMA GRAHAM

LE CRIME DE BEN QUEEN
LES FANTÔMES DU PALACE
LE MYSTÈRE DE LA CHAMBRE 51

LES ENQUÊTES DE RICHARD JURY & MELROSE PLANT

LE COLLIER MIRACULEUX
LE VILAIN PETIT CANARD
L'AUBERGE DE JÉRUSALEM
LE CRIME DE MAYFAIR
LES CLOCHES DE WHITECHAPEL
MEURTRE SUR LA LANDE
LES MOTS QUI TUENT
UNE HAINE AVEUGLE
L'ÉNIGME DU PARC
L'INCONNUE DE LA CRIQUE
DISPARITION
LE SANG DES INNOCENTS
LE PARADOXE DU MENTEUR
LA MAISON DU MAÎTRE
CE QUE SAVAIT LE CHAT
VERTIGO 42
FAITES VOS JEUX !
LES TROIS FONT LA PAIRE

MARTHA GRIMES

LES TROIS FONT LA PAIRE

Une enquête du commissaire Jury

Traduit de l'anglais (États-Unis)
par Nathalie Serval

Les Presses de la Cité

Titre original :
THE OLD SUCCESS
publié aux États-Unis par Atlantic Monthly Press,
une marque de Grove Atlantic, en 2019

Le Code de la propriété intellectuelle n'autorisant, aux termes de l'article L. 122-5, 2° et 3° a, d'une part, que les « copies ou reproductions strictement réservées à l'usage privé du copiste et non destinées à une utilisation collective » et, d'autre part, que les analyses et les courtes citations dans un but d'exemple et d'illustration, « toute représentation ou reproduction intégrale ou partielle faite sans le consentement de l'auteur ou de ses ayants droit ou ayants cause est illicite » (art. L. 122-4).
Cette représentation ou reproduction, par quelque procédé que ce soit, constituerait donc une contrefaçon, sanctionnée par les articles L. 335-2 et suivants du Code de la propriété intellectuelle.

© Martha Grimes, 2019. Tous droits réservés.

© Presses de la Cité, un département place des éditeurs, 2021,
pour la traduction française
ISBN : 978-2-266-32292-8
Dépôt légal : avril 2022

À ma puissante et gracieuse belle-fille,
Travis Holland

Si je devais ne plus vivre
Quand les merles reviendront,
Donne en souvenir à celui qui porte
La cravate rouge une miette de pain.

Si je ne pouvais dire merci,
M'étant vite endormie,
Tu sauras que j'essaie
Avec ma lèvre de marbre.

Emily DICKINSON[1]

1. « Si je devais ne plus vivre… », *40 poèmes*, Revue *Liberté*, vol. 28, nº 2, 1986. Traduit de l'anglais par Charlotte Melançon.

Première partie

LA BAIE DE L'ENFER

1

Sous sa résille d'algues et de cheveux mouillés, le visage de la morte paraissait étrangement paisible.

Cette sérénité contrastait violemment avec le temps agité. Si les policiers locaux étaient parfaitement protégés de la pluie, Brian Macalvie n'avait rien apporté de la Cornouailles, hormis Gilly Thwaite, son officier de scène de crime, et l'inspecteur Cody Platt. Malgré la cape imperméable qu'un collègue avait posée sur ses épaules, Gilly grelottait et pestait contre son supérieur.

Il s'était écoulé moins d'une heure entre le moment où Macalvie avait raccroché le téléphone, à Exeter, et celui où leur avion léger s'était posé sur Sainte-Marie, à quarante-cinq kilomètres du cap Land's End. De là, un bateau les avait amenés à Bryher, la plus petite des îles habitées de l'archipel, avec l'inspecteur en chef Whitten.

Mais depuis leur arrivée, le temps semblait s'être arrêté, au grand désespoir de Gilly. Ce n'était pas que Macalvie fût lent – il pouvait être aussi rapide qu'un éclair –, mais il était capable de rester des heures à ratisser une scène de crime. Quand l'inspecteur en chef

Whitten l'avait appelé, il lui avait expressément recommandé de ne toucher à rien sur celle-ci.

« Je passerai la consigne à la mer, commissaire », avait ironisé Whitten.

Cela faisait à présent un quart d'heure que Brian Macalvie contemplait le corps.

— Il y a beaucoup trop de variables, chef, déclara Gilly.

Nulle trace d'obséquiosité dans ce « chef » ; juste l'expression d'une humeur exécrable.

Macalvie s'accroupit afin d'examiner le visage de la morte sans toutefois écarter ses cheveux mêlés d'algues.

— Ce que je veux dire, ajouta Gilly, c'est que la mer et le vent ont irrémédiablement pollué la scène.

Comme pour lui donner raison, une vague se brisa contre les rochers dans un bruit de tonnerre.

Sans se retourner, Macalvie lança à son assistante un regard qui lui ôta l'envie d'insister.

Le photographe s'était déjà retiré. Gilly savait que son patron ne supportait pas le moindre appareil sur une scène de crime. Comme si les flashs risquaient de faire surgir de l'ombre des détails qui auraient dû y rester. Comme si, conformément à la légende, l'objectif aspirait l'âme et la substance des êtres.

— L'assassin a peut-être regagné le continent, suggéra l'inspecteur en chef Whitten. Autrefois, les gens enterraient leurs ennemis sur une île pour s'assurer qu'ils ne reviendraient pas les hanter.

Il baissa les yeux vers la femme dont l'immobilité était à peine troublée par les vagues qui léchaient son corps. Tellement parfaite et tranquille qu'elle semblait se fondre dans ce décor granitique, réputé pour son exceptionnelle beauté.

— L'ironie, reprit Whitten, c'est que rien ne semble pouvoir perturber ces îles. Il n'existe pas d'endroit plus paisible dans toute la Grande-Bretagne. Ici, on n'a jamais rien vu non plus de vulgaire ni de bassement commercial. Pas le moindre Starbucks à l'horizon ! acheva-t-il en écartant les bras.

— Ça viendra ! grogna Macalvie.

L'inspecteur en chef éclata de rire, dissipant la tension qui flottait dans l'air. Celle-ci ne provenait pas uniquement de la présence du cadavre ni de l'hostilité d'un fonctionnaire décidé à défendre son pré carré. Au contraire, Whitten paraissait soulagé de refiler l'enquête sur ce crime sans précédent au commissaire divisionnaire de la police du Devon et de la Cornouailles, Brian Macalvie.

Le fracas incessant de la mer ne contribuait pas à alléger l'ambiance. Quoique considérée comme une baie, cette portion du littoral n'était nullement abritée du vent ni des vagues. Le promontoire, en faisant office de brise-lames, semblait exacerber la fureur des flots qui le frappaient sans relâche, tel un poing géant martelant une porte.

Imprégné de cette atmosphère morbide, Macalvie se releva et fit signe à Gilly de le remplacer. La jeune femme se jeta sur le corps avec la rapacité d'un nécrophile, même si cette idée lui faisait horreur.

— C'est l'hôtel, là-bas ? demanda Macalvie en indiquant des lumières clignotantes le long de la côte.

— Le Hell Bay, oui.

Whitten avait profité du trajet en bateau pour leur brosser un tableau aussi complet que possible du cadre de l'affaire. Le Hell Bay était le seul hôtel de Bryher.

— Il a une clientèle suffisamment nombreuse pour ouvrir à cette saison ? s'étonna Macalvie.

— Oui. C'est un des meilleurs hôtels familiaux du pays.

— Ah oui ? Il faut vraiment aimer la solitude !

Pour Macalvie, la solitude, c'était se retrouver seul au comptoir d'un pub à l'heure de la fermeture.

— Ma foi, dit Whitten, je comprends qu'il puisse attirer des gens fatigués des embouteillages londoniens. Et le paysage est magnifique en plein jour et par beau temps. Je suis sûr que vous n'avez jamais vu un sable aussi blanc.

Même dans la nuit, il brillait d'un éclat spectral.

— J'ai montré une photo de la victime aux employés de l'hôtel, enchaîna l'inspecteur en chef. Aucun ne la connaissait. Pardon de ne pas vous avoir attendu…

— Vous avez bien fait. Ils ont des clients, en ce moment ?

— Quelques-uns. Elle m'a dit quatre, je crois bien.

— « Elle » ? La propriétaire ? La gérante ?

— Les propriétaires sont en vacances aux îles Vierges. Avant de partir, ils ont confié l'établissement à cette Mme Gray. Elle m'a semblé très compétente. En tout cas, elle n'a pas été prise de vapeurs en apprenant qu'on avait découvert un corps presque devant sa porte.

— Vous avez eu plus de chance avec les clients ?

— Non. Bien sûr, les algues et les cheveux collés à son visage ne facilitent pas son identification. Mais il est trop tôt pour déterminer qui ment et qui dit la vérité.

— Selon votre coroner, il est possible que la mer ait rejeté le corps à cet endroit mais qu'il provienne d'ailleurs. D'une île voisine, par exemple.

Macalvie se pencha et passa un index à l'intérieur de sa chaussure pour en ôter le sable.

— Je ne pense pas que ce soit le cas, répondit Whitten. Je vous conseille plutôt de vous déchausser. C'est ce que je fais… Enfin, quand il n'y a personne pour me voir.

Les deux hommes lancèrent un regard furtif devant eux, vers l'hôtel, puis derrière, vers le petit groupe de policiers. Entre les deux, la plage étroite miroitait au clair de lune tel un ruban de perles.

— C'est plus amusant ainsi, approuva Macalvie en retirant également ses chaussettes.

Whitten fourra les siennes dans ses chaussures, attacha les lacets ensemble et les suspendit à son épaule.

Macalvie savoura la caresse du sable sous ses pieds fatigués.

— J'avais oublié comme c'était bon, soupira-t-il.

Tu avais oublié parce que tu refoulais le souvenir des étés avec Maggs et Cassie, lui souffla une voix intérieure. Même après vingt ans, l'évocation de ces deux prénoms suffisait à lui briser le cœur.

Whitten s'immobilisa.

— Commissaire ? Vous vous sentez bien ?

— Hein ? Oui, ça va. Merci.

Ils se remirent en marche. Le trouble de Macalvie avait commencé quand Whitten avait mentionné la gamine qui avait découvert le corps. Il allait devoir l'interroger, et il ne savait pas s'y prendre avec les enfants.

Il n'était jamais aussi efficace que dans la confrontation. Sauf avec cette petite fille, à Dartmoor… Jessica.

Le sourire attendri qui flottait sur les lèvres de Macalvie s'effaça tandis que les visages de Cassie et de Maggs surgissaient dans sa mémoire. Maggie, sa jolie poupée… Où était-elle à présent ? À quoi se raccrocher quand on a assassiné votre unique enfant ?

Il secoua la tête comme pour chasser le sable de son esprit et dit :

— Donc, selon vous, il est exclu que le corps ait dérivé jusqu'ici.

— En effet. Vous avez eu un aperçu de la force du vent et des courants marins à l'entrée de la baie. Je ne vois pas comment un corps venant du large aurait pu s'échouer sur cette plage. Même les vagues se fracassent sur les rochers.

— Ouais, j'ai vu.

— Ça signifie que cette femme a été tuée sur place.

Macalvie sourit dans l'ombre. Il était parvenu à la même conclusion. Il dirigea son regard vers les fenêtres éclairées de l'hôtel dont il distinguait mieux les contours à présent.

— On ne peut accéder à cette île qu'en bateau, je suppose ? Il n'y a pas d'héliport ?

— Il y en a un sur Sainte-Marie – le plus utilisé – et un autre sur Tresco.

— Un appareil a-t-il décollé de l'un ou l'autre au cours des dernières trente-six heures ?

— Non, aucun.

— Dans ce cas, nous recherchons soit un nageur d'exception… Il y a moyen d'atteindre Bryher à la nage depuis une île voisine ?

— Tout est possible, bien sûr. Mais je n'ai jamais entendu dire que quiconque y soit arrivé.

— Soit ça, reprit Macalvie en observant les silhouettes qui se mouvaient derrière les rideaux de l'hôtel, soit le tueur est tombé du ciel.

— Ou alors, il est toujours sur l'île.

— Vous m'ôtez les mots de la bouche, Whitten.

2

— C'est une gosse qui a trouvé le corps ?

— Deux, en fait. Zoe Noyes, la plus âgée, et sa sœur Zillah – enfin, je suppose que c'est sa sœur. Elles vivent avec leur tante, ou plus précisément leur grand-tante. Leur maison se trouve par là, ajouta Whitten avec un mouvement de tête vers l'est.

— Dans ce cas, je propose que nous les interrogions en premier.

Whitten s'éloigna et adressa quelques mots à l'un de ses hommes.

— Cette Zoe, reprit Macalvie quand ils se remirent en marche. Elle a dû avoir très peur, non ?

— Elle ? Si vous voulez mon avis, il faudrait beaucoup plus qu'un cadavre pour l'effrayer.

— Parfait ! se réjouit Macalvie.

Il n'aurait pas besoin de simagrées et de cajoleries pour extraire la gamine des jupes de sa tante.

Loin d'être intimidée, Zoe ne tenait pas en place. Elle fit irruption dans le salon où l'on venait d'introduire les visiteurs en traînant un fauteuil derrière elle, comme si elle craignait que l'un des deux ne reparte en claquant la porte si on le faisait attendre debout. Puis elle se précipita vers la cheminée et rapporta un repose-pied.

Un gros chat gris était couché devant le foyer, les pattes repliées sur la poitrine. Macalvie le crut endormi avant d'apercevoir, entre ses paupières mi-closes, deux fentes dorées qui semblaient l'épier.

Hilda Noyes ordonna à Zoe de s'asseoir et de se tenir tranquille. Toute tentative pour l'exiler dans sa chambre ou dans une autre pièce, hors de portée de vue ou d'oreille des policiers, était d'avance vouée à l'échec : Zoe n'avait pas l'intention de se laisser confisquer SON meurtre ni la soudaine célébrité qu'il lui valait.

Une fillette paraissant quelques années de moins que Zoe leur fut présentée comme étant Zillah. Ou plutôt, elle leur fut désignée, car Zillah, contrairement à son aînée, ne montrait aucune envie de se joindre à la conversation. Assise au bas de l'escalier, elle recula dans l'ombre en entendant son prénom. De là où il était, Macalvie ne voyait d'elle qu'une masse de cheveux clairs et soyeux.

— Elle ne vous dira rien, indiqua Zoe, qui avait suivi son regard.

— Zoe ! la gronda sa tante. Zillah est trop bouleversée pour parler. À t'écouter, on croirait qu'elle refuse de coopérer.

— Tu sais aussi bien que moi qu'elle restera muette comme une carpe. Ça se voit à sa tête.

Hilda Noyes balaya de la main le commentaire de sa nièce.

— Pour en revenir au meurtre, dit-elle, ce sont Zoe et Zillah qui ont trouvé le corps.

Les yeux dorés de l'adolescente s'agrandirent brusquement, moins à cause du choc que lui avait causé cette découverte que des efforts de sa tante pour lui voler la vedette.

— C'est à moi de raconter ! protesta-t-elle.

— Votre nièce a raison, intervint Whitten. Pour se faire une opinion, le commissaire Macalvie a besoin d'un témoignage direct.

Zoe étudia Macalvie d'un œil critique afin de déterminer s'il méritait qu'elle lui consacre du temps.

— Un commissaire divisionnaire, c'est quelqu'un d'important ? s'enquit-elle.

— Très, répondit Whitten. Beaucoup plus que moi. Il vient d'Exeter.

Zoe poursuivit son examen en se mordillant la lèvre.

— C'est vrai, ce qu'il dit ? demanda-t-elle à Macalvie.

— Que je viens d'Exeter ?

— Naaan. Que vous êtes haut placé.

— Pas autant que tu l'aimerais, mais assez, oui.

Apparemment satisfaite, l'adolescente dirigea son regard vers la fenêtre, qui encadrait à présent un rectangle de nuit, et commença :

— Zillah et moi, on jouait dehors quand on a décidé d'aller voir la baie…

— Je vous l'avais pourtant interdit, lui rappela sa tante.

Cette interruption freina à peine Zoe, qui baissa la voix :

— On s'est approchées de l'eau pour ramasser des coquillages, comme on a l'habitude de le faire. C'était le crépuscule – un vrai crépuscuuule…

La consonance à la fois sinistre et mystérieuse du mot semblait l'inspirer.

— Les vagues se brisaient sur les rochers dans un bruit de tonnerre. C'est alors que je l'ai aperçue, *elle*. J'ai d'abord cru que c'était un phoque, ou autre chose, à cause de sa blancheur. Elle était encore plus pâle vue de près, comme un fantôme.

Un mouvement furtif attira l'attention de Macalvie vers l'escalier. Avait-il rêvé, ou Zillah venait-elle de secouer la tête dans un geste de dénégation muette ?

— J'ai pris la main de Zillah et je lui ai dit : « Il faut vite avertir les gens du Hell Bay ! »

— Vous auriez dû rentrer directement à la maison ! commenta tante Hilda.

— On a raconté ce qu'on avait vu à la dame qui s'occupe de l'hôtel.

— Emily Gray, précisa Hilda. Une femme sensée. Une chance qu'elle se soit trouvée là.

— Elle nous a offert un chocolat chaud, dit Zoe d'un ton catégorique.

Ayant refermé cette parenthèse, l'adolescente se leva et alla prendre le chat. Celui-ci se débattit et sauta de ses bras avant de se recoucher devant la cheminée.

Macalvie se pencha en avant, les coudes sur les genoux.

— Vous avez vu quelqu'un d'autre à l'hôtel ? demanda-t-il à Zoe.

— Non. Sinon, je vous l'aurais dit.

— Ça, je n'en doute pas !

Macalvie jeta un coup d'œil vers Zillah, qui s'était écartée de la rampe pour s'adosser au mur.

— Et ta sœur ? dit-il. Comment a-t-elle réagi à tout ça ?

Hilda Noyes fit une nouvelle tentative pour reprendre le contrôle de la conversation :

— Elle ne vous dira rien. Elles étaient sorties pour…

— Laissez parler votre nièce, je vous prie.

Hilda s'enfonça dans son fauteuil, vexée. Depuis quand demandait-on leur avis à des témoins directs ?

— C'est juste que Zoe aime bien broder…

— C'est faux ! Je ne dis que la vérité.

— Ma chérie, reconnais que tu as parfois tendance à enjoliver.

— Enjolivée ou pas, je suis là pour entendre *sa* vérité, intervint Macalvie.

Zoe buvait du petit-lait. Elle croisa lentement les jambes, les mains nouées autour de son genou, et reprit :

— C'est bientôt l'anniversaire de Zillah. Je lui ai proposé de l'emmener à la petite boutique qui vend de tout pour choisir son cadeau, à condition qu'il ne coûte pas plus de deux livres quarante. C'était le crépuscuuule…

Le moment de la journée qu'elle préférait, à l'évidence.

— La nuit allait bientôt tomber, mais je ne l'ai pas dit à Zillah pour ne pas l'inquiéter…

Ben voyons !

— La boutique est juste en face de Hangman's Island…

« La baie de l'Enfer », « l'île du Pendu »… Que des noms pittoresques ! Macalvie crut entendre un gémissement qui provenait de l'escalier.

— Tu effraies ta sœur, lança Hilda sur un ton de reproche.

Comme si Zoe s'en souciait !

— Monsieur Macalvie, les filles devraient déjà être au lit…

— Une dernière question.

Tante Hilda poussa un soupir résigné.

— Dis-moi, Zoe, ça ne t'étonne pas que ta sœur soit muette depuis qu'elle a vu, ou plutôt entrevu, ce corps sur la plage ? Il s'est passé autre chose, pas vrai ?

L'expression de l'adolescente se teinta d'appréhension.

Hilda bondit de son fauteuil.

— Ça suffit ! gronda-t-elle. Je vous demande de partir. Vous faites peur à ma Zoe.

Macalvie se leva à son tour.

— Pour être honnête, madame Noyes, c'est moi qui ai peur d'elle.

Il esquissa un sourire, sans parvenir à apaiser Hilda, et pressa brièvement l'épaule de l'adolescente.

— Merci de ton aide, Zoe.

— Attendez !

Zoe le rejoignit comme il sortait et tira la porte derrière elle malgré les protestations de sa tante. Ils restèrent quelques secondes face à face dans le noir, puis elle dit :

— Ne faites pas attention à Zillah. Elle va bien.

Quelle injonction bizarre !

Macalvie allait réclamer des éclaircissements quand Hilda apparut sur le seuil.

— Zoe ! Rentre immédiatement. Si ces messieurs ont d'autres questions, ils n'auront qu'à repasser demain.

L'adolescente se retourna vers Macalvie, qui décela une lueur angoissée dans ses yeux de chat.

Une fois la porte refermée, il demeura un long moment immobile, perdu dans ses réflexions.

Zoe, à l'imagination aussi exubérante que sa chevelure brune, et Zillah, qu'un mystérieux traumatisme avait rendue muette. Deux gamines pour le prix d'une, c'était bien sa veine.

Cette enquête démarrait mal.

— On a interrogé tout le monde, chef. Les employés de service aujourd'hui et les quatre clients. Aucun n'a pu nous dire quoi que ce soit sur la vic…

— Elle a un nom, maintenant ! lança Macalvie d'un ton cassant.

Cody Platt sursauta et leva les yeux de son carnet.

— Pardon ! Manon Vinet. Drôle de nom. Française, d'après la gérante de l'hôtel. Ils ont tous eu des échanges superficiels avec elle. Elle parlait rarement d'elle. À part ça, ajouta Cody avec une moue dépitée, ils ne nous ont rien appris. Rien, nada, que dalle !

Macalvie cessa de mastiquer son chewing-gum.

— C'est tout ?

— J'en ai bien l'impression, chef.

— Combien d'employés avez-vous vus ?

— Quatre.

— Avec les clients, ça fait huit personnes. Et vous n'avez rien pu en tirer ?

Ce n'était pas une critique, juste l'expression de son étonnement.

— Rien, sinon qu'ils l'ont tous trouvée « agréable ». C'est le mot qui revenait le plus souvent dans leur bouche.

— Avec des variantes, certainement ?

Cody haussa les épaules.

— Tout est consigné ici, dit-il en feuilletant son carnet. Si vous voulez, je peux les interroger de nouveau…

Macalvie secoua la tête. Cody ne se vexait jamais, ou alors, il le cachait bien.

— Pas ce soir, non. Il est presque 22 h 30.

Macalvie savait que les notes de son subordonné étaient non seulement exhaustives, mais précises. Si l'inspecteur Cody Platt n'était pas particulièrement doué pour soutirer des confidences, on pouvait compter sur lui pour retranscrire aussi fidèlement que possible celles qu'on voulait bien lui faire. En dépit de sa léthargie apparente (et parfois réelle), il n'avait pas son pareil pour démêler le vrai du faux dans un témoignage.

Ils avaient pris place à une des tables du Hell Bay Hotel. Les baies vitrées de la salle à manger donnaient sur une obscurité aussi absolue que le néant, et on entendait les vagues se briser sur les rochers. Whitten avait regagné Sainte-Marie avec les échantillons prélevés sur la scène de crime ; son équipe continuait à ratisser le rivage.

— Où est Gilly ?

— À l'étage, chef. Dans la chambre de la vic… de Manon Vinet.

Macalvie resta une minute à contempler le rectangle noir de la fenêtre qui lui faisait face, puis il se leva.

— Cody, dites aux témoins qu'ils peuvent aller se coucher mais qu'ils ne doivent pas quitter l'hôtel sans nous en avertir. Et appelez Whitten pour qu'il nous envoie un hélicoptère.

— On rentre à la maison, chef ?

— Précisez à l'inspecteur qui nous a accompagnés que nous partons dans vingt minutes, lança Macalvie par-dessus son épaule.

Gilly (son prénom officiel était Gillian, mais elle l'avait en horreur) tournait le dos à la porte, de sorte qu'elle ne le vit pas entrer. Agenouillée à même le sol, elle frottait délicatement le pied d'une commode massive avec une brosse miniature.

Macalvie frappa le montant de la porte pour lui signaler sa présence.

— J'espère que vous avez eu plus de succès que Platt, dit-il. Il ne m'a rapporté que des nèfles.

— Lâchez-le un peu, répliqua-t-elle sans se retourner. Cody est un bon flic. Excellent, même.

— N'empêche. Des nèfles.

Gilly se redressa et se débarrassa de ses gants.

— Je crains que ma récolte ne soit pas meilleure. Il n'y a pas grand-chose à tirer de cette chambre.

— Remballez votre matériel. Départ dans quinze minutes. Il est grand temps d'aller nous coucher.

— Merci, mon Dieu, si Vous existez !

— J'existe, et je vous autorise à m'appeler « chef ».

— Quelle modestie !

Macalvie ne répondit pas. Il était immunisé contre l'ironie de Gilly.

En dépit de ses intentions affichées, Macalvie ne se coucha pas aussitôt rentré. Au lieu de s'endormir, il se repassa chaque détail de sa conversation avec Zoe. Il ne savait plus s'y prendre avec les gosses. Heureusement, il était rare qu'il ait affaire à eux dans le cadre d'une enquête. Le fossé entre eux et lui n'avait cessé de s'élargir depuis cet été funeste, en Écosse. Si le temps guérissait tout, comme on le prétendait, pourquoi ses relations avec les enfants étaient-elles de plus en plus douloureuses ? Si Zoe s'était montrée aussi prolixe, ce n'était certes pas grâce à lui ! Il ne savait même pas pourquoi sa sœur et elle vivaient chez leur tante.

Ce n'était pas son enquête, mais il n'avait pas accepté de donner un coup de main à Whitten pour lui faire défaut dès le premier jour.

Peut-être devrait-il laisser le soin d'interroger les deux gamines à Cody Platt…

Ou mieux, à Jury, qu'il aurait dû retrouver, une heure plus tôt, à l'Old Success.

3

Richard Jury fouilla dans ses souvenirs en contemplant la surface mouvante de la crique, puis il s'adressa à l'homme dont il partageait la table :

— Tom Brownell… Ça me dit quelque chose.

— Seuls les flics connaissent mon nom.

— Ça tombe bien, j'en suis un. Une seconde ! Vous êtes Thomas Brownell, de la Met ? La police du Grand Londres ?

— La Met est basée à Londres, en effet. Vous ne seriez pas de la police, par hasard ?

— Ah ah ! *Sir* Thomas Brownell ?

— Je vous en prie, laissez tomber le « sir ».

— Un autre whisky, Tom ? Je vous invite.

— Parce que j'ai un titre ?

— Parce que votre taux d'élucidation était légendaire. Du cent pour cent !

— Plutôt du quatre-vingt-dix.

— Sur quelle affaire avez-vous séché ?

— Offrez-moi le verre que vous m'avez promis, et je vous le dirai peut-être. À moins que mon titre ne vous rebute ?

— Pas le moins du monde. J'ai compris qu'il vous gênait plus qu'autre chose. En cela, vous me rappelez un de mes amis. Lui aussi était titré. Mais plus maintenant.

— Ah ? Quel horrible méfait a-t-il commis pour être déchu de son titre ? s'enquit Brownell avec une note d'espoir dans la voix.

— *Ses* titres. Comte, vicomte, baron, etc. Il y a simplement renoncé. Il détestait qu'on l'appelle milord.

— Un homme selon mon cœur ! Je l'imagine intelligent, direct, pragmatique…

— Bien vu !

— Dites-m'en plus sur cet ami sans titre.

— D'abord, votre whisky.

Jury ramassa leurs verres et se dirigea vers le bar, songeant à la réputation de Tom Brownell. Même s'il avait échoué à résoudre une ou deux affaires, l'homme était une véritable légende. Il avait pris sa retraite quelques années plus tôt, sans qu'on sache pourquoi.

— Ce pub est devenu un repaire de flics, remarqua Tom quand il regagna leur table avec deux verres pleins. Des amis à vous ?

Jury considéra les deux policiers qui s'approchaient d'eux et secoua la tête.

— Non, je ne les connais pas.

— Commissaire Jury ? demanda l'inspecteur en chef Whitten. Le commissaire Macalvie vous présente ses excuses, mais il ne pourra pas être là ce soir.

— Il n'était pas utile de vous déplacer. Un coup de fil de sa part aurait suffi.

— En réalité, il m'a chargé de vous conduire à lui.

— Vous commencez à m'inquiéter. Que se passe-t-il ?

— On a un problème sur une île. Le commissaire Macalvie vous serait très reconnaissant si vous acceptiez de le rejoindre sur Sainte-Marie en hélicoptère.

— Pourquoi le ferais-je ?

— Il a besoin de vous.

— Appelez-le, s'il vous plaît.

Whitten composa un numéro sur son portable et le tendit à Jury.

— C'était ça, la raison de ce rendez-vous ? demanda celui-ci à l'appareil.

— Non, répondit Macalvie. Mais ça l'est devenu.

4

À bord de l'hélicoptère, Whitten montra les photos de Manon Vinet à Jury qui, fasciné, les examina plus longtemps que nécessaire. Le visage de la morte aurait pu être l'œuvre d'un sculpteur de génie.

— Mon équipe est en train d'organiser notre traversée en bateau pour Bryher, indiqua l'inspecteur en chef tandis qu'ils montaient à bord d'une voiture conduite par un policier.

— Pourquoi n'a-t-on pas fait tout le trajet en hélico ?

— Celui-ci ne pouvait atterrir qu'à Sainte-Marie. Il faut impérativement un bateau pour circuler d'une île à l'autre. D'habitude, il y a une navette pour Bryher en début de soirée, mais pas aujourd'hui. Nous avons fait annuler tous les départs.

— Comment les habitants ont-ils accueilli cette initiative ?

— Avec leur flegme coutumier.

Jury sourit.

— Vous cherchez à me faire passer un message ?

— Les gens mènent une existence paisible sur les îles, répondit Whitten comme leur voiture s'arrêtait le long d'un quai. Surtout ceux de Bryher, la plus petite et la moins peuplée. Ils sont soixante-quinze à tout casser.

— Auxquels il convient d'ajouter les touristes, observa Jury.

— Nous en avons recensé une douzaine. Quatre séjournent au Hell Bay, les autres dans différents points d'hébergement.

— Vous avez répertorié les bateaux privés ?

— Cette partie de l'Atlantique n'est pas le spot préféré des plaisanciers. Mais j'ai ici la liste des quelques propriétaires d'embarcation. Tous travaillent dans le secteur du bulbe. Tulipes, narcisses, précisa Whitten devant l'air perplexe de Jury. Nous avons le climat idéal pour ça. Avec le tourisme, c'est la principale industrie locale. Pourvu que ce meurtre ne repousse pas les visiteurs !

— Je vous prédis plutôt un afflux de touristes. Tout ce qui touche au sexe et à la mort excite la curiosité. Rien de tel qu'un crime passionnel pour attirer la foule !

— Qu'est-ce qui vous fait croire que c'en est un ?

— Rien, hormis la beauté de la victime. Les belles femmes inspirent souvent des sentiments meurtriers – colère, jalousie… Celle-ci était-elle venue seule à Bryher ?

Un policier en uniforme s'approcha d'eux.

— Votre bateau vous attend, dit-il.

Jury comprit bientôt pourquoi les plaisanciers boudaient cette partie de l'Atlantique. Quand leur embarcation aborda la côte nord-ouest de Bryher, il s'interrogea même sur l'attrait que l'île exerçait sur les touristes.

Non que Hell Bay, « la baie de l'Enfer », ne fût pas belle, à sa manière… Pour l'apprécier, il fallait aimer la nature sauvage, sans entraves, et les courants violents. Deux masses rocheuses d'un noir d'encre gardaient l'entrée de la crique ; le ressac était tellement bruyant qu'ils devaient crier pour s'entendre.

— Charybde et Scylla ! hurla Jury.

— Vous avez tout compris ! répondit Whitten sur le même ton.

— La victime, dit Macalvie en indiquant le corps de Manon Vinet, à présent entouré de monticules de sable amassés par le vent. Bien sûr, les conditions extérieures ont modifié le décor, mais ça te donne une idée du truc.

— « Une idée du truc » n'a pas la même valeur qu'un relevé d'indices, répliqua Jury, accroupi près de la morte. Tuée par balle. Quel type d'arme ?

— Sans doute un 9 mm. Webley, ou peut-être Smith & Wesson. On ne l'a pas retrouvé, pas plus que les empreintes du tueur. Le vent, tu comprends…

— « Sans doute », « peut-être »… Ce n'est pas comme ça que je vais me faire « une idée du truc ».

— C'est bon, Jury ! On n'a pas les moyens de transporter un labo jusqu'ici, et le choix de l'endroit lui-même est révélateur. Le tueur comptait sur la marée pour supprimer d'éventuels indices.

— Il devait avoir rendez-vous avec la victime. Il est peu probable qu'ils se soient rencontrés par hasard, en se promenant sur le rivage. Surtout si l'un des deux était armé. Quand même, drôle d'endroit pour un rendez-vous. Qui a donné l'alerte ?

— La gérante du Hell Bay. C'est l'hôtel, là-bas.

— C'est elle qui a trouvé le corps ?

— Pas exactement, non.

Jury poussa un soupir las.

— Et si tu me racontais tout depuis le début, au lieu de m'obliger à te tirer les vers du nez ? C'est toi qui as réclamé mon aide, je te rappelle.

— Je n'ai pas oublié. Tu n'as pas besoin d'en savoir plus pour le moment. Le bateau nous attend. On va regagner le cap Land's End, puis Exeter.

— Bon Dieu ! Pourquoi m'as-tu fait venir, dans ce cas ? Tu aurais aussi bien pu me laisser là-bas, à Land's End !

— C'est pourtant évident, répliqua Macalvie, piqué au vif. Je voulais te montrer la scène de crime. Oh ! Autre chose…

— Oui ? fit Jury en coulant un regard méfiant vers lui.

— Tant que tu es là, tu pourrais interroger les gamines qui ont découvert le corps ?

5

L'Old Success semblait sur le point de fermer. Toutefois, Jury retrouva Tom Brownell assis à la même table, devant un verre identique à celui qu'il buvait quand il l'avait quitté.

— Vous m'attendiez ? dit-il, surpris.

Tom acquiesça.

— Connaissant Brian, je me doutais qu'il vous renverrait sur le continent dès qu'il en aurait terminé avec vous. Je suis affamé. Je connais un petit café miteux, un peu plus haut dans la rue. Il m'arrive d'y manger quand je suis fatigué du charme de Land's End. Si ça vous dit…

— Avec plaisir ! Merci d'avoir patienté.

— C'était quoi, le problème sur l'île ?

— Une femme a été abattue sur la plage, à Hell Bay.

— Grand Dieu ! Vous pouvez me donner des détails ? À moins que vous n'ayez pas le droit de commenter une enquête en cours ?

— L'enquête est en cours, mais ce n'est pas la mienne. C'est celle de Macalvie.

— N'en dites pas plus. Allons dîner.

Le vaste parking accueillait cinq voitures. La plus ancienne était la Ford Cortina de Tom Brownell.

Le « petit café miteux » correspondait parfaitement à sa description : glacial, avec des banquettes en skaï, et désert, hormis un groupe d'adolescents qui passaient de la musique sur le juke-box, fumaient Dieu seul savait quoi et disputaient parfois une partie de billard dans la petite salle attenante.

L'unique serveuse nota leur commande d'un air renfrogné avant de leur apporter du thé dans des tasses ébréchées.

— Même la vaisselle est dans le ton ! observa Tom en levant la sienne. À la vôtre !

— Vous me parliez de votre petite-fille. Vous la voyez souvent ?

— Pas depuis la mort de Daisy.

— Sa mère ?

— Elle détestait son prénom, Drucilla. Elle préférait qu'on l'appelle Daisy. Elle avait à peine 40 ans… Un suicide, d'après le rapport médical.

— Mon Dieu, Tom ! Je suis désolé. Mais à vous entendre, il subsisterait un doute.

— Aujourd'hui encore, j'ai du mal à accepter cette version. Même si tous les éléments semblent la confirmer.

La serveuse revint et posa deux assiettes devant eux. Tom considéra ses œufs et ses saucisses comme s'il n'en avait encore jamais mangé.

— Sydney est beaucoup moins ouverte et confiante qu'avant, du moins avec moi, dit-il enfin. Il m'est devenu impossible d'avoir une conversation approfondie avec elle.

Il piqua un morceau de saucisse au bout de sa fourchette et posa celle-ci sur le bord de son assiette.

— Pourquoi ? demanda Jury.

— Elle m'en veut de ne pas avoir élucidé la mort de sa mère.

— Elle en attendait peut-être trop de vous, non ?

— Souvent, le chagrin vous aveugle en vous faisant croire qu'on peut prévenir l'imprévisible. Comment lui donner tort ? Sydney considère que j'aurais dû sentir qu'un danger menaçait Daisy. Pensez donc : un superflic comme moi !

— Mais votre fille est censée avoir mis fin à ses jours !

— Justement : j'aurais dû le voir venir. Le problème, c'est que Daisy n'était pas le genre…

Tom haussa les épaules.

— Pas le genre à se suicider ? supposa Jury.

Tom acquiesça.

— C'est stupide de dire ça, soupira-t-il.

— Pas du tout. Certes, n'importe qui peut attenter à sa vie dans des circonstances précises. Mais certaines personnes sont plus susceptibles que d'autres de passer à l'acte…

Jury préféra se taire que de parler pour ne rien dire.

Un ado s'approcha alors du juke-box et y glissa une pièce.

La voix soyeuse de Nat King Cole succéda à celle, nasale et tremblante, de Roy Orbison.

— Le problème, reprit Tom, c'est que Daisy et moi étions très proches depuis toujours. Aussi, Sydney ne comprend pas que j'aie pu ignorer que sa mère allait mal.

— Sa souffrance n'était peut-être pas visible.

— Sans doute pas pour n'importe qui. Mais pour moi…

Tom tendit la main vers son paquet de Silk Cut, en sortit une cigarette et la regarda comme s'il avait brusquement décidé d'arrêter.

— Je ne suis pas n'importe qui, vous comprenez. Je suis Tom Brownell, l'infaillible, l'homme réputé résoudre toutes les affaires. Pourtant, je n'ai pas su déceler la détresse de ma propre fille. Je n'ai pas vu les signes…

— Tom, il ne faut pas…

— Ne me dites pas que je suis trop dur avec moi-même, ou je risque de vous frapper.

Tom frotta une allumette, qui produisit une minuscule flamme avant de s'éteindre.

La voix de Nat King Cole s'enflamma sur « It's incredible » et retomba.

Tom frotta une deuxième allumette, sans plus de succès.

Jury faillit sortir son vieux Zippo et se ravisa.

— Ce n'est pas ce que je voulais dire, déclara-t-il. Je voulais dire que votre intuition pesait plus qu'un rapport médico-légal.

— Vous savez que c'est faux, répliqua Tom en frottant une troisième allumette.

La flamme lui brûla les doigts avant de s'étouffer. Il jeta un regard dépité à la cigarette et haussa les épaules.

Cette apparente résignation collait mal avec sa réputation. Il y avait un mystère là-dessous… Un mystère aussi opaque que troublant.

— Comment était Daisy ? demanda Jury.

Tom réfléchit, puis il inclina la tête vers le juke-box alors que la voix de Nat King Cole s'éteignait doucement.

— Comme ça, dit-il.

— *Unforgettable*… Inoubliable.

Ce n'était pas une question, et il n'y eut pas de réponse.

6

— Moi, j'trouve ça très bien ! affirma Mme Withersby.

La femme de ménage la plus illustre de Long Piddleton resta plantée près de la table des habitués du Jack and Hammer avec seau et balai-brosse, pas le moins du monde impressionnée par ce cénacle d'oisifs célèbres et fortunés à des degrés divers.

— Dans quelle catégorie vous rangez-vous, Withers ? lui demanda Marshall Trueblood.

L'antiquaire venait de leur lire un article sur la location de famille, un nouveau concept commercial qu'il regrettait de ne pas avoir inventé.

— Quelle idée ridicule ! s'exclama Vivian Rivington. Enfin, ça rime à quoi ?

— Tout est dans l'intitulé, Viv : ces gens proposent de te louer une famille, entière ou partielle. Mari, femme, enfants, cousins, tu as le choix. Oh ! Ne prends pas cet air horrifié. En quoi est-ce plus ridicule que de gaspiller ton temps et tes efforts à dénicher un mari qui va te décevoir ? Là, si tu n'es pas satisfaite, tu n'as qu'à l'échanger.

— Il y a quand même un problème, intervint Diane Demorney, qui avait un don pour les flairer, qu'il s'agisse de la dose de vermouth dans son martini ou de la location de mari.

— Lequel ? l'interrogea Joanna Lewes, dont le don consistait à pondre des livres à la chaîne.

— La pension alimentaire. À quoi bon prendre un mari s'il ne vous rapporte rien ?

— Il existe d'autres raisons que l'intérêt financier pour fonder une famille, répliqua Vivian.

— Qui te parle d'une famille ?

S'il y avait une chose dont Diane n'avait jamais eu l'intention de s'embarrasser, c'était bien celle-ci !

— Et l'amour, alors ? insista Vivian.

Diane, qui s'apprêtait à prendre une cigarette dans son étui d'argent, la fixa d'un regard vide.

À cet instant, Melrose aperçut à travers la vitre sa tante, escortée par Lambert Strether.

— Agatha ! souffla-t-il aux autres. Elle vient par ici. Pas un mot de ceci, ajouta-t-il en montrant le *Times* sur la table. Surtout, que ça reste entre nous !

Cet entre-soi, comme il n'allait pas tarder à le découvrir, s'étendait au *London Times*, dont Agatha apportait un exemplaire, volé sur le paillasson de son voisin, M. Simmons. Sitôt assise, elle leur désigna l'article qu'il consacrait au nouveau business de la parenté vénale et le commenta :

— Quelle absurdité ! Louer une famille… Franchement, que peut-on imaginer de pire ?

— En acheter une ? suggéra Diane.

— Je ne trouve pas ça si absurde, dit Melrose. Tu devrais te louer, Agatha. Je suis sûr que tu aurais beaucoup de succès !

— Tu ergotes pour le plaisir de me contredire, Melrose.

— Je suis juste ouvert à la nouveauté. À propos, peut-être quelqu'un cherche-t-il à louer un comte, ou un vicomte, pour donner du cachet à ses réceptions ? Pour être franc, j'envisage de louer Ardry End de temps en temps. Mobilier, propriétaire et personnel compris. Je pourrais aussi louer Ruthven, Martha et Pippin à la journée… Tiens ! On pourrait même louer un policier – il faudra que je soumette cette idée à Richard Jury –, ou un écrivain, comme Joanna, pour animer les cocktails… Bon sang, cet article m'ouvre des perspectives infinies !

— À t'entendre, glissa Diane, les gens pourraient s'imaginer que tu as l'intention de te louer comme escort-boy…

— Ça m'étonnerait beaucoup !

Au même moment, le portable de Melrose sonna. Ça arrivait si rarement qu'il promena un regard interrogateur sur l'assemblée avant de comprendre que le bruit provenait de sa poche.

C'était Jury.

— Richard ! D'où m'appelles-tu ?

— De Cornouailles. J'aimerais que tu emmènes Chagriné à Bedford.

Melrose éloigna l'appareil de son oreille et le considéra d'un air interloqué.

— Pardon ?

— Une certaine Sydney Cooke exerce là-bas l'activité de maréchal-ferrant. Son entreprise s'appelle Savoir-fers – ce n'est pas moi qui ai choisi le nom.

Elle est peut-être liée à une affaire de meurtre sur Bryher. Tu sais, les îles Scilly…

— Je ne comprends pas un mot de ce que tu racontes !

— Contente-toi de faire ce que je te demande. Tu as un cheval, moi non.

— Pourquoi ne t'adresses-tu pas plutôt à la reine ? Ses écuries sont remplies de…

— Ah ah ! Une femme a été tuée sur Bryher. Elle connaissait – ça devrait t'intéresser – ta Flora Flood.

— D'abord, ce n'est pas *ma* Flora Flood, mais en effet, ça m'intéresse. Pourquoi ne vas-tu pas toi-même chez cette Sydney Cooke ?

— Parce qu'elle ne dira rien à un flic. Son grand-père, Tom Brownell, en est un, et elle refuse d'évoquer la mort de sa mère avec lui.

— Pas si vite ! J'ai du mal à te suivre. Donc, sa mère est morte dans des circonstances suspectes, et tu penses que cette Sydney…

— Cooke. Je crois qu'elle sait quelque chose. Si elle n'aime pas les gens, elle adore les chevaux. Elle ne se confiera qu'à quelqu'un qui partage sa passion.

— Envoie-lui plutôt Diane. Elle connaît des tas de faits insolites sur les chevaux et elle est juste à côté.

— Tu fais allusion au walk-around ?

— Je ne crois pas que « walk-around » soit le mot exact, mais…

Diane arracha son téléphone à Melrose.

— Vous voulez sûrement parler du walk-over, commissaire. Une victoire par défaut. Ça se produit très rarement. C'est arrivé à Spectacular Bid dans les Woodward Stakes en… J'ai oublié l'année. Le terme désigne une course où un seul cheval prend le départ, car il est tellement exceptionnel qu'aucun autre concurrent ne veut l'affronter. Voilà !

Ce « voilà » s'adressait à Melrose, à qui elle rendit l'appareil.

— Je te le répète, Richard : ce n'est pas moi, mais Diane, qu'il faut envoyer à cette fille !

— Pas question, répliqua Diane. Ni à elle ni à personne.

Elle montra son verre vide à Dick Scroggs, qui mâchonnait un cure-dents derrière le comptoir.

Strether signala alors sa présence en demandant :

— Qu'est-ce que vous buvez, tout le monde ?

Chacun y alla de sa requête.

— Jamais je ne me souviendrai de tout ça ! protesta Strether.

Il agita les doigts comme s'il s'apprêtait à plaquer une suite d'accords sur un piano, mais ce fut le balai de Mme Withersby qui s'abattit sur son épaule.

— Un gin pour moi, grommela la femme de ménage. C'est pas trop dur à retenir ?

Pris à son propre piège, Strether sortit son portefeuille craquelé et l'ouvrit, libérant une nuée de mites affamées.

— Mince ! soupira-t-il. Je suis à court de liquide. Il serait temps que Barclays ouvre une agence dans le village.

— Vous pouvez toujours rêver ! dit Vivian. Il y en a déjà une à Sidbury. C'est la porte à côté, pour ainsi dire.

— Vous voulez que je vous avance la somme ? proposa Trueblood.

— Euh… Non merci, répondit Strether en glissant son portefeuille dans sa poche doublée de toiles d'araignée.

Trueblood fit signe à Dick Scroggs de resservir une tournée.

— Pourquoi tenez-vous tant à avoir une banque à Long Piddleton, monsieur Strether ? s'étonna Joanna Lewes. Vous n'y habitez pas !

Strether lui adressa un sourire carnassier.

— Justement, je compte m'y installer bientôt.

— Vous allez acheter une maison ?

— Pas acheter, non. Je suis en discussion avec les propriétaires de Watermeadows pour louer le petit cottage qui se trouve sur leur domaine.

— *Quoi ?* s'exclama Melrose, furieux à l'idée que Strether puisse côtoyer quotidiennement Flora Flood quand lui-même avait à peine eu l'occasion d'échanger quelques mots avec elle. Vous voulez parler des Flood ? Watermeadows ne leur appartient même pas !

— En effet. Mais lady Summerston leur a laissé carte blanche pour louer l'ancienne remise à calèches.

Comment Strether pouvait-il connaître les intentions de lady Summerston ? Celle-ci ne l'aurait jamais accepté comme locataire, même s'il avait été l'homme le plus riche du monde, ce qui n'était évidemment pas le cas. Eleanor Summerston, en revanche, disposait d'une fortune considérable. Quelques mois plus tôt, elle avait confié Watermeadows aux Flood, des parents éloignés, avant de retourner dans sa maison de Belgravia.

— Et oui ! exulta Agatha. Melrose, Lambert sera bientôt notre voisin !

— Pas exactement, tempéra Melrose. Watermeadows est à plus de cinq cents mètres d'Ardry End.

— Tu cherches la petite bête, répliqua Agatha alors que Dick posait devant elle un verre de sherry pour lequel ni Trueblood ni Tío Pepe n'obtiendraient jamais le moindre remerciement.

— Je cherche juste à rétablir la vérité, rétorqua Melrose d'un ton morose.

Une visite à Watermeadows s'imposait. Il s'en était abstenu jusque-là par discrétion, mais l'heure était trop grave pour s'embarrasser plus longtemps de tels scrupules.

7

— Il a débarqué un jour sans prévenir, raconta Flora Flood avec un haussement d'épaules.

— Comme moi, en quelque sorte ? demanda Melrose.

— Pas comme vous, non. Lui était à cheval. Et je n'ai pas dit que vous n'étiez pas le bienvenu, ajouta la jeune femme avec un gracieux sourire.

Pourtant, Melrose avait débarqué par surprise juste après avoir quitté le Jack and Hammer. Mais son hôtesse jugeait sans doute plus acceptable de le faire en Bentley plutôt qu'à cheval.

— Ce ne sont pas mes affaires, mademoiselle Flood…

— Je vous en prie, appelez-moi Flora.

— Comme je le disais, Flora, ce ne sont pas mes affaires, mais…

— Nous allons faire en sorte que ça le devienne. Accompagnez-moi à la bibliothèque.

La jeune femme portait un appareil orthopédique et marchait avec difficulté. Melrose l'avait aperçue à plusieurs reprises au Blue Parrot, un pub miteux sur la route de Northampton. Lors de ces brèves rencontres, ils avaient échangé à peine quelques mots, de sorte que

Melrose ignorait à peu près tout d'elle, à commencer par la nature de son handicap.

— Ça ne doit pas être facile de s'occuper seule d'un domaine aussi vaste, dit-il.

— Le problème, c'est qu'oncle Frank – lequel est rarement là – et moi n'avons pas de personnel à demeure. Et naturellement, tante Eleanor a emmené Crick à Londres. Il est en quelque sorte son bâton de vieillesse…

Melrose se fit la réflexion que Crick aurait eu lui-même grand besoin d'un bâton. Il était tellement sénile qu'il aurait pu travailler au Boring's.

— Du thé ? proposa Flora.

— Avec plaisir !

— Je reviens dans cinq minutes.

— Surtout, ne vous dérangez pas pour…

Il s'était brusquement rappelé qu'elle devrait préparer elle-même le thé, mais elle avait déjà quitté la pièce.

Pendant qu'elle s'activait à la cuisine, Melrose examina les photos accrochées autour de la cheminée. Plusieurs montraient des chasseurs parmi lesquels il eut la surprise de reconnaître lady Summerston, un fusil à la main, entourée d'hommes qui exhibaient leurs propres armes avec des airs importants. Elle était l'unique femme du groupe. À l'arrière-plan, on apercevait une maison aussi vaste qu'un manoir.

Quand Flora revint, Melrose la débarrassa de son plateau, qu'il posa sur une table basse avant d'en éloigner un vase de fleurs. Elle le remercia et souleva la théière en argent.

— Je jetais un coup d'œil à ces photos, dit-il. Savez-vous où elles ont été prises ?

— Dans la propriété familiale de Gerald Summerston. Elle est immense – du moins, elle l'était. J'ignore ce qu'elle est devenue.

Flora désigna le sucrier puis le pot de lait à Melrose.

— Un peu de chaque, mais à peine, merci. Je ne me doutais pas que votre tante chassait.

— Mon Dieu, oui ! Elle tire mieux que la plupart des hommes. Ça explique sans doute les têtes d'enterrement de ceux qui posent avec elle sur ces photos, plaisanta Flora.

— Votre oncle vit en permanence à Londres ?

Elle acquiesça en buvant une gorgée de thé.

— Il n'aime pas la campagne. Moi si. Watermeadows est une magnifique propriété, et... Mais parlez-moi plutôt de ce M. Strether. Il se prénomme vraiment Lambert ?

— Je crains que oui.

— Je pense que Henry James aurait mieux aimé affronter à mains nues le public de la première de *Guy Domville* que passer une heure en compagnie de M. Strether.

— Pauvre Henry ! Même si ce mot n'est pas celui que j'emploierais spontanément pour décrire James. Figurez-vous que j'ai habité quelque temps Lamb House, sa maison, après...

Melrose se tut : s'il évoquait la mort de Billy Maples, il s'ensuivrait des digressions qui les occuperaient jusqu'à la fin de l'après-midi.

— Oui ?

— Après le départ précipité du précédent occupant. Lamb House est une demeure fascinante. Pour en revenir à Lambert Strether, quand il a annoncé son projet, je me suis inquiété pour vous. Il n'a pas vraiment le profil du locataire modèle…

Melrose informa la jeune femme des différents stratagèmes dont usait Strether sans toutefois employer le mot « escroc ».

— Je vois le genre, dit Flora. Cet homme est un aigrefin.

— La finesse en moins. Mais dites-moi, vous avez réellement l'intention de louer votre remise à calèches ?

— Grand Dieu, non ! Pour commencer, elle ne nous appartient pas.

— Vous m'en voyez soulagé. Je ne tiens pas à avoir Strether comme voisin. Il serait tout le temps fourré chez moi. Il est très ami avec ma tante. Laquelle passe son temps chez moi.

— Je ne crois pas l'avoir jamais rencontrée.

— Accepteriez-vous de vous joindre à nous un soir, pour dîner ?

— Avec joie.

Melrose laissa un silence, se demandant comment poursuivre. On n'avait pas le droit d'être aussi emprunté !

— Je comptais justement inviter quelques amis…

Il pensa aussitôt à Trueblood, à Vivian et à Jury, qu'il devait recevoir le week-end suivant. Une seconde ! Lâcher Jury dans la même pièce que Flora Flood ? Quelle erreur ! Richard Jury incarnait l'idéal masculin de n'importe quelle femme de plus de 15 ans. Non, de n'importe quel individu de sexe féminin en âge d'aligner trois mots !

— Vous connaissez Marshall Trueblood, l'antiquaire de High Street ?

— J'ai eu l'occasion de lui parler quand j'ai visité sa boutique. Il est très distrayant.

— En effet. Avec lui et quelques autres, nous avons l'habitude de nous réunir au Jack and Hammer.

— Je suis déjà entrée dans ce pub, sans m'y attarder. Non qu'il soit désagréable, mais je préfère le Blue Parrot. Voyez-vous, le Jack and Hammer est surtout fréquenté par des groupes…

Des groupes ? Le seul que Melrose y avait jamais vu, c'était le leur.

— Ça me donne le sentiment d'être exclue. Et puis, c'est bon pour ma jambe de marcher jusqu'au Blue Parrot.

Son sentiment d'exclusion, sa jambe, que tout ceci était triste !

— Que vous est-il arrivé ?

— Un accident. Notre voiture a percuté une barrière et le capot s'est plié. J'étais à la place du passager.

— Je suis désolé. Écoutez, s'il vous prend l'envie de vous joindre à notre groupe, au Jack and Hammer, vous serez la bienvenue.

— Je ne crois pas que ce serait une bonne idée. Je casserais l'ambiance.

Comme si elle craignait de paraître impolie, elle ajouta :

— Mais j'accepte volontiers votre invitation à dîner. Pourvu qu'il n'y ait pas trop de gens.

— Je ne connais pas trop de gens, répondit Melrose en se levant. Je vais organiser ça. Mais je ne voudrais pas vous déranger plus longtemps.

— Merci de votre visite.

— La prochaine fois, je débarquerai à cheval.

8

Le lendemain après-midi, M. Blodgett quitta son « patio », où il paressait au soleil, pour aider Melrose à faire monter Chagriné dans un van acheté le matin même à Northampton. Le vieil ermite, dont le caractère conciliant rappelait celui du cheval, ne rechignait jamais à rendre service, contrairement à Momaday, le jardinier et valet d'écurie, qui donnait l'impression de détester le jardin, l'écurie et tous les animaux qu'elle abritait. Sa seule distraction consistait à se promener avec un fusil en bandoulière et à viser tout ce qui bougeait.

Melrose craignait pour la vie de Chagriné, de Chaviré et particulièrement pour celle de Chahut : si le cheval et le bouc broutaient la pelouse à proximité de l'écurie, le chien aimait s'ébattre à travers le parc. Il s'amusait tout particulièrement à faire courir Chaviré en cercle, au point que Melrose envisageait d'acquérir une chèvre pour tenir compagnie au bouc et permettre à Chahut d'exercer ses talents sur un « troupeau » un peu plus digne de ce nom.

Désireux de se débarrasser de Momaday, Melrose demanda à M. Blodgett s'il accepterait d'endosser le rôle de jardinier.

— Vous n'auriez pas vraiment besoin de jardiner, expliqua-t-il. Juste d'éloigner les éventuels braconniers.

En réalité, Melrose n'avait jamais vu l'ombre d'un braconnier, mais Momaday lui avait juré qu'ils rôdaient en nombre pour justifier le port de son fusil. Le jardinier avait vu trop de westerns avec Clint Eastwood : il plissait les yeux en prononçant le mot « vermine », qu'il devait réserver aux lapins et aux écureuils, car il n'avait encore jamais osé le cracher au visage de son employeur.

En revanche, celui-ci l'avait souvent entendu le prononcer en visant un arbre : « Vermine ! » BOUM ! Quelques feuilles tombaient, mais aucune créature animale, fort heureusement. À maintes reprises, Melrose avait réprimandé Momaday pour avoir tiré sur des lapins.

« Si vous voulez qu'y bouffent vos salades, ça vous regarde », avait répliqué le jardinier.

Des *salades* ? Depuis quand cultivait-on un potager à Ardry End ?

Melrose proposa donc à Blodgett de doubler son salaire d'ermite.

— C'est beaucoup trop, milord ! protesta le vieil homme.

— En cas d'extrême nécessité, trop n'est jamais trop, monsieur Blodgett.

L'ermite n'avait rien compris, toutefois il acquiesça avec enthousiasme.

Avant de prendre la route avec Chagriné, Melrose avertit Ruthven qu'il serait de retour vers 17 ou 18 heures et que Richard Jury dînerait avec lui.

Ayant tracté le van jusqu'à Bedford, Melrose repéra rapidement la grange qui servait d'atelier à Sydney Cooke et se laissa guider vers l'arrière par l'écho des coups de marteau.

Il fut surpris de découvrir une jeune fille mince, au front pur, aux yeux vert menthe et au nez parfait, au lieu de la virago trapue qu'il avait imaginée. Il lui revint alors que Jury ne lui avait pas fourni une description physique, mais psychologique et morale de Sydney Cooke : pugnace, inamicale et bonne tireuse – un double féminin de Momaday, quoique ce dernier fût un piètre chasseur.

Les premiers mots de la jeune femme vinrent démentir ce portrait peu engageant :

— Que puis-je pour vous, monsieur ?

La voix était douce, le ton aimable et le visage ravissant, malgré quelques traces de suie.

— Mademoiselle Cooke ?

— Elle-même.

— Vous paraissez bien jeune pour ce métier, observa Melrose en désignant le feu, les outils, le chalumeau.

Sydney Cooke sourit.

— Il faut bien commencer un jour, répliqua-t-elle. Ou pas.

— Il n'y a pas de maréchal-ferrant dans mon secteur, expliqua-t-il, et vous m'avez été chaudement recommandée. J'ai pris la liberté de vous amener mon cheval. Je crois qu'il aurait besoin d'être « referré », si toutefois le mot existe.

— Allons voir ça ! dit la jeune femme en posant son marteau. Je ne suis pas certifiée, précisa-t-elle comme ils sortaient, mais j'ai l'habitude de ferrer les chevaux.

— Je ne peux pas en dire autant !

Chagriné tourna la tête quand Melrose ouvrit le van.

— Comment s'appelle-t-il ? demanda Sydney.

— Chagriné.

Elle rit.

— Chagriné… Ça me plaît !

Elle semblait s'adresser au cheval plutôt qu'à son propriétaire.

— Par ici, mon grand !

Elle plaça une main sur la croupe de Chagriné, qui descendit avec une docilité étonnante.

— Incroyable ! s'exclama Melrose. Nous avons dû batailler pour le faire monter. C'est quoi, votre secret ?

— La force entraîne la résistance, chez les hommes comme chez les animaux. Avec ces derniers, en particulier, mieux vaut apprendre à négocier.

Si Melrose ne voyait pas bien en quoi consistait cette méthode, il ne pouvait que constater son efficacité.

— Vous ne rencontrez jamais de chevaux insensibles à la manière douce ?

Sydney attrapa le licou de Chagriné – d'un seul doigt, remarqua Melrose – et haussa les épaules.

— Ça m'est arrivé une ou deux fois, dit-elle.

— Que faites-vous alors ?

— Je m'éloigne.

Comme pour illustrer son propos, elle s'écarta alors de Melrose, qui fut agacé de se voir traiter comme un cheval rétif.

— En quoi cela aide-t-il ? s'enquit-il.

— Même dans les situations les plus compliquées, il est toujours possible – et souhaitable – de prendre du recul.

Melrose chercha un contre-exemple et n'en trouva aucun.

— Vous êtes ce qu'on appelle une « chuchoteuse », dit-il.

— Pas du tout. Ce mot fait l'objet d'un malentendu. C'est le cheval qui murmure à votre oreille, non l'inverse.

Melrose se demanda comment orienter la conversation vers le véritable motif de sa visite.

— Ce cheval provient du haras Ryder, de Cambridge, reprit-il. Vous le connaissez ?

Sydney secoua la tête, un bras passé autour de la jambe antérieure de Chagriné.

— Je ne crois pas, non.

— Les propriétaires ont une histoire tragique.

Melrose enchaîna sur l'enlèvement de Nell Ryder et de l'étalon de la ferme.

— C'est horrible, commenta Sydney.

Voyant que son récit ne suscitait aucune confidence, Melrose fit une nouvelle tentative, encore plus maladroite :

— Vous-même, vous possédez un cheval ?

— Plus d'un. Nous avons plusieurs écuries.

— À l'intérieur de votre propriété ?

— Heron House, oui. En réalité, elle appartient à ma tante. Ou plus exactement, à ma grand-tante.

Melrose feignit l'étonnement.

— Elle est située à l'entrée du village, c'est ça ? Je suis passé devant. Elle paraît immense !

— Elle est dans la famille depuis plus d'un siècle. Mon arrière-grand-mère l'a transmise à ma grand-mère, qui l'a elle-même léguée à ma grand-tante. J'en hériterai à sa mort, je suppose…

Cela ressemblait à une question, et elle regardait Melrose comme s'il était un notaire venu discuter du testament de sa tante.

— Logiquement, votre mère devrait en hériter d'abord, glissa-t-il.

— Ma mère est morte. Je ne crois pas que Chagriné ait besoin de nouveaux fers devant. Les siens ont l'air en bon état.

Elle reposa la jambe antérieure du cheval et cala son sabot arrière droit sur ses cuisses.

— Et votre père ?

Sydney laissa un silence.

— Dan Cooke n'était pas mon père. Il était… le second mari de ma mère.

— Oh ! murmura Melrose.

Une demi-heure plus tard, elle se leva, son travail achevé, et déclara :

— Te voici chaussé de neuf, Chagriné !

Le cheval se mit à frapper le sol avec ses sabots arrière.

— Il exprime sa joie, expliqua Sydney. Cela ne m'étonnerait pas que son fer usé l'ait fait souffrir.

— Seigneur ! J'espère que non.

— Qui s'occupe de lui ?

— Un idiot.

La jeune femme sourit.

— Dans ce cas…

— Mais j'y ai remédié.

— Tant mieux ! Vous êtes mon dernier client de la journée. Je vais fermer l'atelier et rentrer chez moi. Voulez-vous que je vous aide à ramener Chagriné au van ? Mais j'y pense : ça vous dit de m'accompagner ? Je vous ferai visiter les écuries.

— Avec plaisir, répondit Melrose, surpris. Merci de votre invitation.

— Je vais vous guider. La maison est à moins de deux kilomètres.

Chagriné remonta dans le van d'aussi bonne grâce qu'il en était descendu. Melrose reprit ensuite le volant et suivit la camionnette de Sydney.

Après avoir quitté la route principale, ils roulèrent plusieurs minutes à travers une vaste prairie d'un vert éclatant. L'allée de terre menait à une maison de pierre, grande sans être imposante. Une grange et des écuries se dressaient sur la droite.

— Il y a un manège derrière l'étable, indiqua Sydney. Voulez-vous monter Chagriné, maintenant qu'il est correctement ferré ?

Le moment que Melrose redoutait secrètement avait fini par arriver.

— Euh… Non merci. J'ai un peu mal à la jambe. Mon cheval m'a désarçonné l'autre jour…

L'expression de Sydney se teinta d'incrédulité. Chagriné lui-même tourna la tête vers son propriétaire et lui jeta un regard indigné, pour autant qu'un cheval puisse ressentir de l'indignation.

Craignant de s'être démasqué, ou d'avoir démasqué Chagriné, Melrose s'empressa d'ajouter :

— Je l'avoue, c'était ma faute. Nous devions franchir une haie…

Sydney éclata de rire et flatta l'encolure de son nouvel ami.

— Je me disais aussi ! Dans ce cas, j'ai une faveur à vous demander.

— Tout ce que vous voudrez !

Du moment que ça ne m'oblige pas à tenir en équilibre sur un cheval.

— M'autorisez-vous à le monter ?

— Rien ne nous ferait plus plaisir, à lui comme à moi.

— Je reviens tout de suite.

Elle réapparut peu après, portant une couverture et une magnifique selle en cuir écarlate. Il ne lui fallut que quelques minutes pour équiper le cheval et le monter.

— Vous allez bien ensemble, observa Melrose. Chagriné a l'air comblé.

— Ne vous y trompez pas : il me tolère tout au plus. Venez !

Ils se dirigèrent vers le manège, Melrose marchant à côté de Chagriné. Guidé par sa cavalière, celui-ci passa du trot au petit galop avant une accélération fulgurante qui laissa son propriétaire pantois. Après deux tours de piste, Sydney le fit ralentir et s'approcha de la barrière à laquelle s'accoudait Melrose.

— Ce cheval est une fusée ! affirma-t-elle. C'est le plus rapide que j'ai jamais monté. Bien sûr, je ne suis pas jockey, mais… A-t-il disputé des courses ?

— Il était déjà à la retraite quand je l'ai racheté à Ryder.

— Quel âge a-t-il ? À voir l'état de ses dents, je dirais 4 ou 5 ans.

— Ce n'est pas trop vieux pour courir ?

— Pas du tout. Et je vous garantis qu'il aime ça. Avez-vous une carrière ?

Seigneur, il n'aurait plus manqué que ça !

— Ça prend beaucoup de place, non ?

— Environ quarante mètres, peut-être un peu plus. Il faut aussi prévoir un système d'arrosage. Combien de terrain possédez-vous ?

Melrose était bien incapable de répondre à cette question.

Ils ramenèrent le cheval à l'écurie, puis au van.

— Il n'a pas envie de partir, dit Melrose. Regardez : il pleure !

Sydney se retourna vers Chagriné et l'examina d'un air soucieux. En effet, une larme coulait de son œil.

— Vous voyez ? reprit Melrose. Il est triste.

— Ça ressemble plutôt à une infection. Vous l'avez déjà vu faire ça ?

— Non, c'est la première fois.

— Vous devriez le montrer à un vétérinaire. Ce n'est peut-être rien…

— Mais c'est peut-être quelque chose. J'ai plus confiance en vous qu'en un vétérinaire. Ça vous dirait de venir dîner à Ardry End – chez moi – demain soir ?

— Un dîner ? dit Sydney, surprise. Demain soir ?

— J'ai invité quelques amis. Ainsi, vous pourriez jeter un coup d'œil à Chagriné. Vous me rendriez un fier service. J'habite à quinze kilomètres d'ici. Je peux vous envoyer une voiture.

— Eh bien…

— S'il vous plaît.

Sydney sourit.

— D'accord ! Je viendrai par mes propres moyens. Dites-moi juste comment vous trouver et à quelle heure.

— 20 heures ?

Melrose sortit un calepin de sa poche et traça un plan sommaire sur une page qu'il détacha ensuite.

— Ç'a été un plaisir, dit-il en la tendant à la jeune femme.

Il fallut cinq minutes à celle-ci pour convaincre Chagriné de remonter à bord du van, alors qu'il en était descendu presque immédiatement. Melrose n'avait pas tort : le cheval répugnait à partir.

9

— Je n'ai eu aucun mal à établir un contact avec Sydney Cooke, affirma Melrose.

Jury et lui savouraient un verre dans la bibliothèque d'Ardry End.

— Tu lui as amené Chagriné ?

— Comme tu me l'avais demandé. Vraiment, je ne vois pas ce qui t'empêchait de l'interroger toi-même. Elle est très accessible.

— Il ne t'aura pas échappé que je ne possède pas de cheval, répliqua Jury.

— C'est pour ça que tu rappliques toujours à bord d'une vieille guimbarde de la Met ?

— Notre nouveau QG ne comporte pas d'écurie.

— As-tu fait des recherches, au moins ?

— À quel sujet ?

— Les chevaux, bien sûr.

— Non. Mais j'en ai fait sur la mort de la mère de Sydney.

— Ça m'étonnerait qu'elle accepte de t'en parler.

— Je te parie le contraire.

— Pourquoi ?

— Je connais son grand-père. Qui d'autre as-tu invité ?

— Seulement Diane et Marshall.

— Pas Mlle Flood ?

— Je n'ai pas osé.

— Je rêve ! On croirait un ado boutonneux.

— C'est exactement ce que je suis, à entendre Agatha.

— Comment est-elle ?

— Qui ça, Agatha ?

— Ah ah ! Mlle Cooke.

— Charmante. Jolie. Futée. Je lui ai dit que tu travaillais à Scotland Yard, comme concierge.

— Racer est persuadé que c'est le cas.

Melrose gloussa.

— Diane aura certainement fait le plein d'informations insolites sur les chevaux, reprit-il.

La porte d'entrée résonna alors sous un coup de heurtoir. Elle aurait fini par voler en éclats si Ruthven, qui traversait le hall avec un plateau, n'avait ouvert.

Agatha se rua vers son neveu, pour oublier son existence dès qu'elle aperçut Jury.

— Je ne savais pas que vous étiez là, commissaire !

— Et lui ne savait pas que tu viendrais, répliqua Melrose. Ça fait de nous trois ignorants.

— Tu m'as dit que tu recevais à dîner, Melrose.

— Mais je ne t'ai pas invitée.

— Tu as oublié, c'est tout. Je ne t'en veux pas. Lambert est en train d'attacher son cheval. Il prendra juste un verre, mais il ne restera pas.

— C'est préférable. Je crains que nous n'ayons pas assez de hagfish pour un pique-assiette supplémentaire.

— Pas assez de *quoi* ?

— De hagfish. Une sorte d'anguille visqueuse, également appelée « cochon des profondeurs ». Un mets très apprécié en Corée, m'a-t-on dit. Une créature marine particulièrement répugnante, qui émet du mucus…

— Quelle horreur ! Melrose, tu n'es pas sérieux ?

— Tu crois que je mens ? Ruthven, pourriez-vous demander à Martha de venir ?

— Certainement, monsieur.

Ruthven quitta la pièce avec un sourire en coin.

Melrose se leva pour servir un whisky à Strether, qui semblait au bord de l'évanouissement.

Martha entra presque au même moment. Une tache de graisse s'étalait sur son tablier d'ordinaire immaculé. Melrose la pria de présenter le plat principal à ses invités.

— Monsieur veut parler du hagfish ? dit Martha, que son mari avait informée de la tentative d'intrusion d'Agatha. Ça n'a pas été une partie de plaisir de le préparer. Mais une fois saupoudré de farine et assaisonné de sel, il n'a pas trop mauvaise mine.

Agatha, déjà pâle, le devint encore plus.

— Finalement, je ne crois pas que nous resterons dîner, dit-elle.

— Quel dommage ! s'exclama Melrose. Martha, nous serons donc cinq, en espérant que le hagfish ne rebutera pas également M. Trueblood et Mlle Demorney.

Martha esquissa une révérence et sortit juste comme on sonnait. Ruthven alla ouvrir.

Avec son costume d'un gris brumeux, sa chemise et sa cravate pastel, Trueblood ressemblait à un lever de soleil tahitien. Diane était entièrement vêtue de blanc, ce qui faisait ressortir le noir de sa chevelure.

— Agatha, sacrée vieille branche ! s'exclama l'antiquaire. Je ne m'attendais pas à vous trouver ici, surtout avec du haggis au menu.

Melrose admira l'aisance avec laquelle il s'était coulé dans son plan sans même en connaître la nature.

— Pas du haggis, Marshall, du hagfish.

— Haggis ou hagfish, ça a l'air dégoûtant, déclara Diane.

— C'est bien mon avis ! acquiesça Strether. D'ailleurs, nous ne restons pas.

— Oooh ! fit Trueblood d'un ton faussement peiné. Quel dommage !

— Mais avant de nous retirer, dit Agatha, nous avons une grande nouvelle à vous annoncer.

— Vous vous êtes fiancés ?

Vous attendez un heureux événement ? se retint d'ajouter Melrose, craignant de pousser trop loin le mauvais goût.

Si Strether, occupé à chercher la carafe de whisky, ne réagit pas, Agatha protesta avec véhémence :

— Monsieur Trueblood, enfin !

Diane gloussa dans son verre.

— Quelle nouvelle ? s'enquit Jury, le seul adulte de la pièce.

— Vous voulez dire que Scotland Yard n'est pas encore au courant ? minauda Agatha.

Melrose mit fin à son numéro :

— De quoi parles-tu, Agatha ? Aucun de nous n'est au courant de quoi que ce soit.

— Quelqu'un est mort. Tué par une arme à feu.

— Où ça ?

— À Watermeadows.

Melrose s'arracha à son fauteuil.

— *Quoi ?*

— C'est vrai, acquiesça Strether en levant son verre vide, comme s'il comptait sur une intervention divine pour le remplir. Cette femme… Mlle Flood, c'est ça ?

Melrose le fusilla du regard. Qu'une nouvelle aussi tragique lui ait été transmise par un personnage aussi odieux lui donnait envie d'empoigner le tisonnier.

— On a abattu Mlle Flood ?

Mais à l'évidence, ni Agatha ni Strether n'en savaient davantage.

— Toi, tu restes ici, dit Jury en forçant Melrose à se rasseoir. Je vais à Watermeadows.

La sonnette retentit de nouveau, et Ruthven fit entrer Sydney Cooke.

La jeune femme regarda les visages consternés qui lui faisaient face et demanda :

— Je tombe mal ?

Melrose restant paralysé dans son fauteuil, Jury s'approcha d'elle.

— Mademoiselle Cooke ? Richard Jury. Désolé, mais il est survenu un événement au village. Rien de grave, je vous rassure. Tout va rapidement rentrer dans l'ordre. Mais pour ça, je dois vous quitter un moment. Lord Ardry ?

— Pardon, Sydney, dit Melrose, brusquement tiré de sa léthargie. Venez, je vais vous présenter mes amis. Que voulez-vous boire ?

Sydney, qui n'était pas une grosse buveuse, répondit du tac au tac :

— Qu'avez-vous à m'offrir ?

Tous la trouvèrent drôlement culottée.

10

Jury appela Melrose depuis Watermeadows, comme il le lui avait promis.

— Je vais aller à l'essentiel, dit-il. Pour les détails, tu devras patienter jusqu'à mon retour. Compris ?

— Mais…

— Compris ?

— D'accord.

— Flora Flood est en vie. Ce n'est pas elle, la victime…

Melrose poussa un soupir de soulagement.

— … mais c'est elle qui a tiré.

— Qu…

— Tu as bien entendu. Un homme est mort. Vous êtes toujours à table ?

Melrose répondit par l'affirmative.

— Arrange-toi pour congédier tes invités sitôt le repas terminé. Je ne souhaite pas faire un exposé public.

— Tu peux compter sur moi, affirma Melrose avant de raccrocher.

Quand il regagna la salle à manger, tous les convives – sauf Sydney Cooke, assise à sa droite – le bombardèrent de questions.

— Vous en savez autant que moi, leur dit-il. Alors, ne vous gênez pas pour broder. Feu à volonté !

Il avait à peine prononcé ces mots qu'il les regretta. L'absence de détails ne faisait aucune différence pour ses invités. L'« essentiel » suffit à alimenter la conversation pendant le rôti, le pudding, le cognac, la remise des manteaux et les adieux.

Jury ne revint pas immédiatement après leur départ. Il était trop occupé à s'imprégner de la scène de crime.

— Elle prétend qu'elle ne l'a pas tué, rapporta l'inspecteur en chef Ian Brierly, de la police du Northamptonshire. Pourtant, quand la cuisinière, alertée par le vacarme, est entrée, elle l'a trouvée avec l'arme du crime à la main. Allez comprendre !

— L'identité du mort est-elle aussi douteuse ?

— Heureusement, non. Flora Flood l'a identifié comme son futur ex-mari. Il s'appelait… Tony Servino, précisa Brierly après avoir feuilleté son calepin. D'après elle, il serait arrivé fou furieux après avoir reçu les papiers du divorce. Ils étaient pourtant séparés depuis presque deux ans, et il devait s'attendre à ce qu'ils lui parviennent tôt ou tard. Il a roulé les documents devant elle et aurait fait mine de la frapper avec. Terrifiée, elle est allée chercher le 9 mm que son oncle conserve dans un tiroir fermé à clé – une précaution insuffisante, visiblement – et l'a pointé vers lui. Pas vers sa poitrine, mais vers ses pieds. Elle a fait feu, ce qui explique la détonation. Mais d'après elle, quelqu'un serait alors entré par cette porte-fenêtre et aurait tiré la balle qui a tué Servino.

— Il y aurait donc une seconde arme.

— Un autre 9 mm. Les techniciens qui ont extrait les balles du sol et du corps ont confirmé qu'elles étaient du même calibre. Sacrée coïncidence, non ? On n'a pas trouvé d'autre arme, et les témoins n'ont vu personne à proximité de la porte-fenêtre ni ailleurs dans le parc. J'ai bien peur qu'elle ne raconte des salades.

Jury n'avait pas entendu cette expression depuis l'école primaire.

— C'est le Dr Keener qui a examiné le corps ? s'enquit-il.

— Oui. Mais si ça ne vous ennuie pas, je préférerais que vous attendiez que nous ayons terminé pour lui parler.

— Désolé d'avoir débarqué sans invitation, Ian, mais lord Ardry, qui habite la propriété voisine, est très inquiet pour Mlle Flood. Nous allions passer à table quand quelqu'un nous a annoncé qu'on avait tiré un coup de feu à Watermeadows. Je vais vous laisser.

— Non, je vous en prie. Restez aussi longtemps que vous le souhaitez. Vous pouvez même vous entretenir avec la suspecte, si vous voulez.

Jury jeta un regard à Flora Flood, qui semblait vouloir disparaître dans son fauteuil. Elle se tamponnait les yeux avec un mouchoir en papier. Une dizaine d'autres étaient froissés sur ses genoux.

— Non merci, dit-il. Elle est trop bouleversée pour répondre à d'autres questions que celles du responsable de l'enquête, c'est-à-dire vous.

— Son histoire m'a l'air bidon, vous ne trouvez pas ? demanda Brierly en le raccompagnant à la porte.

Jury sourit.

— En tout cas, elle paraît impossible. Bonne nuit, Ian.

C'est cette histoire « bidon » que Jury rapporta à Melrose après s'être assuré que ses invités étaient tous partis.

« Tous, sauf Sydney Cooke, avait précisé Melrose. Je lui ai proposé de passer la nuit à Ardry End afin qu'elle puisse examiner Chagriné demain. »

Jury eut beau lui répéter qu'il ne savait rien de plus, il continua à le presser de questions.

— J'ignorais que Flora Flood était mariée !

— Melrose, tu dois admettre que tu ne sais presque rien d'elle.

— J'en sais assez pour affirmer qu'elle n'a pas tué cet homme, même si sa version des faits paraît assez étrange. Mais tout est possible, pas vrai ?

Pas tout, non, se retint de répondre Jury.

11

Le lendemain matin, après un petit déjeuner somptueux préparé par Martha, Jury savourait sa troisième tasse de café en admirant le sapin de Noël. Où Melrose avait-il déniché ces décorations fabuleuses ? La finesse et la délicatesse d'exécution de la chouette miniature, du cheval et du cavalier qui semblaient poursuivre les chiens de chasse au pied de l'arbre étaient dignes des porcelaines de Belleek.

La sonnette retentit. Ruthven alla ouvrir, et une voix familière parvint aux oreilles de Jury.

Il se dirigea vers le hall.

— Tom ? Quelle surprise !

— Bonjour, commissaire. J'ai appris que Sydney était venue examiner un cheval, et je me suis permis de vous rendre une petite visite. J'espère que je ne dérange pas.

— Pas du tout ! Où peut-on trouver Mlle Cooke, Ruthven ?

— À l'écurie, monsieur. Avec Chagriné.

Ruthven jugeait que le terme « écurie » convenait mieux au standing d'Ardry End que celui d'« étable », pourtant plus proche de la vérité. Toutefois, le bâtiment en question abritant à la fois Chagriné et Chaviré, un pur-sang et un bouc, il n'exagérait qu'à moitié.

— Merci, Ruthven. Venez, Tom. Je vous accompagne.

Sydney était occupée à charger du foin dans le râtelier de Chagriné. Celui-ci dévorait son avoine avec une voracité qui témoignait de sa bonne santé.

En voyant Tom, la jeune femme ouvrit de grands yeux et lâcha sa fourche.

— Grand-père ? Qu'est-ce que tu fais là ?

— Je suis passé à la maison et tante Ruthie m'a dit que tu étais allée visiter un cheval malade près de Northampton. Comment vas-tu, ma chérie ?

Sydney répondit à l'étreinte de son grand-père avec une raideur qui n'échappa pas à Jury.

— Ça va, merci !

Elle s'écarta brusquement et se tourna vers Jury avec un grand sourire.

— Chagriné va déjà beaucoup mieux, dit-elle. Où est M. Plant ?

— En ville, mais il sera bientôt de retour. Cette nouvelle va le ravir.

— J'ai eu la surprise de tomber sur M. Jury en arrivant, expliqua Tom. Lui et moi avons fait connaissance en Cornouailles, à l'Old Success. Tu te rappelles cette auberge ?

— Oui.

— Et te souviens-tu de cette amie de ta mère qui servait d'infirmière à Gerald Summerston à la fin de sa vie ? Manon Vinet... Eh bien, figure-toi qu'on l'a tuée.

— Manon est *morte* ?

Tom acquiesça.

— Je m'efforce de découvrir pourquoi elle est allée sur Bryher. Est-ce que Daisy te parlait d'elle, parfois ?

Sydney secoua la tête tandis que Chagriné attaquait le foin.

— Rarement, répondit-elle. Un jour, elle m'a dit qu'elle devait faire quelque chose pour elle. Désolée, grand-père.

La jeune femme fixa sur le vieil homme le même regard préoccupé que Jury l'avait vue adresser au cheval, puis elle proposa :

— Et si on se posait quelque part ? M. Blodgett m'a dit que je pouvais profiter de son patio.

Ils se dirigèrent vers la terrasse fermée qui prolongeait l'ermitage. Blodgett l'avait construite de ses propres mains et meublée d'un salon en rotin. Par cette belle matinée ensoleillée, elle offrait une vision charmante.

— Donc, ta mère devait rendre un service à Manon, dit Tom une fois assis dans un fauteuil à bascule. Sais-tu de quoi il s'agissait ?

— Non. Mais elles avaient parfois de longues conversations.

— Ce service aurait-il un rapport avec la mort de Daisy ? s'interrogea Tom d'un air pensif.

— Maman s'est suicidée.

— Non. Elle n'aurait jamais fait ça.

— Tu n'en sais rien.

— Si.

Sydney pivota vers Tom.

— Tu n'as pas renoncé, pas vrai ? dit-elle avec une hargne qui stupéfia Jury. Tu refuses d'admettre que, pour une fois, tu as échoué. Pourtant, c'est le cas. Maman est morte !

Elle se tut en voyant l'expression du vieil homme.

— Pardon, reprit-elle d'un ton contrit. Je sais combien c'est difficile pour toi, mais tu t'obstines à nier l'évidence.

Jury fut frappé par sa réaction ainsi que par son incompréhension du caractère de Tom Brownell. Celui-ci n'aurait jamais laissé ses convictions faire obstacle à son jugement.

Melrose Plant apparut sur le seuil de la maison et s'approcha d'eux.

— Bonjour ! lança-t-il à la ronde. Que faites-vous dans le patio de Blodgett ? J'ai la pommade que vous m'avez recommandée, ajouta-t-il en montrant un petit paquet à Sydney.

— Je ne suis pas sûre que Chagriné en ait encore besoin, répondit la jeune femme. Il va beaucoup mieux.

Melrose jeta un coup d'œil au cheval, qui venait de sortir de l'écurie et mâchonnait une touffe d'herbe.

— Sydney, vous êtes une magicienne ! affirma-t-il.

— Tom, dit Jury, je vous présente l'homme « selon votre cœur » : mon ami Melrose Plant, ex-comte d'Ardry.

— C'est vous qui avez renoncé à vos titres ? demanda Tom. Ravi de faire votre connaissance !

— Moi, je vous connais, monsieur Brownell, déclara Melrose.

— Nous nous sommes déjà rencontrés ?

Melrose tira de la poche de son manteau un petit livre sobrement intitulé *Brownell*.

— Ça alors ! s'exclama Tom. J'ignorais qu'on le trouvait toujours.

— En tout cas, il est en vente à la librairie du village. Son propriétaire m'a confié que dans les semaines qui ont suivi sa parution, les gens se l'arrachaient. Il n'arrêtait pas d'en commander de nouveaux exemplaires. Vous avez l'art de rendre le travail d'enquêteur à la fois accessible et passionnant, sans jamais noyer le récit sous les détails techniques. Mais ce qui m'a le plus étonné, c'est l'étendue de votre culture dans des domaines tellement div…

— Grand-père sait tout sur tout, l'interrompit Sydney. Sauf sur les chevaux, précisa-t-elle avec un sourire.

— Mon chapitre préféré, enchaîna Melrose, est celui que vous consacrez à la mort de Johnny Hamm, le batteur de ce groupe de rock des années 1990, Liftoff. On a retrouvé son corps dans le garage où il répétait, un revolver à la main. On avait jeté ses baguettes contre le mur, renversé la table de mixage et les haut-parleurs, mais le magnétophone à bandes tournait toujours. Le médecin légiste, l'officier de scène de crime, tout le monde a conclu à un suicide. Tout le monde, sauf Tom Brownell. Le magnétophone diffusait l'enregistrement du seul morceau composé par Hamm qui n'avait pas rencontré un succès fracassant. « Johnny Hamm ne se serait jamais suicidé en écoutant cette chanson », avez-vous dit. En effet, on a relevé sur l'appareil plusieurs empreintes correspondant à celles de l'ex-batteur de Liftoff, Earl Cooper. Celui-ci s'était vu évincer du groupe à l'arrivée de Hamm. Pendant des années, il avait ruminé sa rancœur contre son remplaçant, qu'il rendait responsable de son exclusion. En réalité, si la carrière de Cooper n'avait pas décollé, c'était parce qu'il n'avait aucun talent. En fouillant dans son passé, vous avez découvert qu'il avait fait l'objet de plusieurs plaintes pour des comportements violents. Il a finalement été arrêté et condamné pour le meurtre de Hamm. Ce minable avait trouvé malin de rappeler à sa victime ce qu'il considérait comme un échec cuisant avant de l'abattre. Il ne lui était pas venu à l'esprit que le choix même de ce morceau risquait d'orienter les soupçons vers lui. Beau travail, Tom ! conclut Melrose en refermant le livre.

— Il y a une affaire que vous ne trouverez pas dans cet ouvrage, monsieur Plant, dit Tom. La mort de ma fille. Sydney a raison : je n'ai pas pu la sauver.

Melrose baissa les yeux vers la couverture du livre avant de les poser sur Tom Brownell.

— Mais vous pourrez peut-être préserver une autre vie, dit-il.

12

Jury ne reconnut pas la vieille Aston Martin garée dans l'allée de Watermeadows. Il rangea la Bentley de Melrose Plant juste derrière et gravit les marches du perron.

Ce ne fut pas Flora Flood qui lui ouvrit, mais la dernière personne qu'il s'attendait à voir : Crick.

Le vieux majordome ne paraissait pas plus âgé que lors de leur dernière rencontre, quelques années plus tôt. En revanche, il avait encore maigri. Il semblait à peine plus épais que son ombre sur le seuil.

Si Crick était revenu à Watermeadows, alors l'Aston Martin appartenait forcément à…

— Lady Summerston est-elle là, Crick ?

— Oui, monsieur. Entrez.

Jury leva machinalement les yeux vers le sommet de l'escalier monumental : il n'avait jamais vu Eleanor Summerston ailleurs que dans ses appartements, à l'étage.

— Milady est au salon, avec Mlle Flora, lui précisa Crick.

Il trouva les deux femmes assises côte à côte. Lady Summerston pressait doucement l'épaule de Flora, qui cachait son visage dans ses mains.

— Commissaire Jury ! s'exclama la première d'un air à la fois surpris et ravi. Quelle histoire affreuse... Combien de tragédies devra encore subir cette pauvre maison ?

À l'écouter, on aurait dit que c'était Watermeadows elle-même qui se morfondait, assise à ses côtés.

— Pardon, tante Eleanor, murmura Flora, comme si c'était elle qui avait attiré le malheur sur leurs têtes.

Est-ce le cas ? se demanda Jury malgré lui.

— Ma chérie ! Ce n'est pas ce que je voulais dire.

— Mon Dieu, qu'est-ce que je vais faire ? gémit Flora.

— Ne t'inquiète pas, lui dit sa tante. M. Jury va tout arranger.

M. Jury en doutait. Aussi fut-il soulagé, quoiqu'un peu étonné, quand Crick introduisit Tom Brownell.

— Mon cher Tom ! s'écria Eleanor en se levant. Comment êtes-vous... ? Qui vous a... ?

Elle se tourna vers sa nièce.

— Flora, je te présente Tom Brownell. Avec lui, nous sommes sauvées !

— Pas encore, Eleanor, répondit Tom.

Jury comprit alors à quel point sa réputation d'infaillibilité avait dû lui peser. Toutefois, sa réaction ne suffit pas à doucher l'enthousiasme d'Eleanor ni à assombrir le visage de Flora.

— Je partage l'avis de lady Summerston, déclara Jury. Content de vous revoir, Tom.

— Crick, pourriez-vous servir le thé, je vous prie ? demanda Eleanor au majordome.

Le vieillard s'inclina et sortit.

— Que faites-vous dans le coin, Tom ? s'enquit Eleanor.

— C'est une longue histoire. J'ai rencontré le commissaire Jury à l'Old Success, en Cornouailles. Il se trouve qu'un de ses amis – votre voisin, M. Plant – a demandé à ma petite-fille de passer voir son cheval. Elle exerce comme maréchal-ferrant.

— Dites-moi, ajouta lady Summerston en pressant la main de sa nièce, que pense la police de notre affaire ?

— La police en général, ou moi en particulier ?

— Pourquoi ? Vos avis divergent ?

Le regard de lady Summerston passa de Tom à Jury et fit le tour de la pièce, comme si elle soupçonnait d'autres policiers de s'y cacher.

Brownell eut un rire bref.

— Quelquefois, oui.

— Vous ne croyez tout de même pas que Flora… ?

— Eleanor, je ne sais rien de plus que ce que M. Plant m'a dit.

Flora intervint :

— Voici les faits, ma tante : mon mari a été tué. J'avais une arme à la main. Selon toute apparence, il n'y avait personne d'autre dans la pièce. À leur place, qu'en déduirais-tu ?

— Flora, je sais que tu es innocente.

— Tu n'en sais rien, mais tu me crois. Pas la police. C'est toute la différence entre toi et eux.

— Cet homme était une crapule. On doit pouvoir trouver au moins une dizaine de personnes qui avaient de bonnes raisons de souhaiter sa mort !

— L'accusation ne se contentera pas de suppositions, objecta Tom.

— Et si quelqu'un avait voulu le tuer, renchérit Jury, pourquoi l'aurait-il suivi jusqu'à Watermeadows pour mettre son projet à exécution ?

Jury regardait Tom Brownell en train d'observer Flora Flood. L'intensité de son regard contredisait sa décontraction apparente.

Tom se tourna ensuite vers lady Summerston.

— Vous souvenez-vous de la jeune femme qui s'est occupée de Gerald pendant sa maladie ? l'interrogea-t-il.

Eleanor se rembrunit.

— Manon Vinet ? C'était plutôt Gerald qui donnait l'impression de s'occuper d'elle ! Je ne l'aimais pas beaucoup, mais je dois lui reconnaître une certaine vraisemblance.

— Vous voulez dire qu'elle s'arrangeait pour paraître crédible ? demanda Jury.

— C'est ça : une manipulatrice, prête à détruire quiconque se dressait sur sa route.

— Dans ce cas, elle s'est peut-être prise à son propre piège. On a trouvé son corps sur la plage, à Bryher. Quelqu'un l'a assassinée.

— Seigneur ! Qui ? Pourquoi ?

— Nous nous efforçons de le découvrir.

— Manon Vinet était portée sur les hommes. Ça explique peut-être qu'on l'ait tuée. Tom, je ne crois pas que vous ayez connu ma petite-fille, Hannah Lean… Désolée de remuer de mauvais souvenirs, commissaire.

Jury fut étonné : lady Summerston semblait considérer que la mort de Hannah Lean l'affectait autant que les proches de la jeune femme.

— Vous n'avez pas à vous excuser, dit-il.

— J'ai appris qu'elle avait été assassinée, répondit Tom. Je vous présente mes condoléances.

— Si je vous en parle, c'est que, pendant un moment, j'ai soupçonné le mari de Hannah, Simon, d'entretenir une liaison avec Manon Vinet. Simon était un homme à femmes, lui aussi.

— Comme le mari de Flora ?

— Oui. Tony Servino était un fameux cavaleur.

— Ma tante, tu exagères ! protesta Flora.

— Mademoiselle Flood, reprit Tom, pourrais-je vous dire un mot en privé ?

— Ma foi, pourquoi pas ? répondit Flora d'un ton hésitant.

Elle jeta un regard indécis à sa tante, qui esquissa un sourire rassurant.

— Vas-y, ma chérie. Tom est impartial.

Jury se demanda ce que l'impartialité venait faire là.

— Vous nous accompagnez, commissaire ? proposa Tom.

Les deux hommes suivirent Flora jusqu'à une petite pièce à gauche du hall, où Jury se rappelait avoir attendu, quelques années plus tôt, que Crick le conduise aux appartements de lady Summerston. En apercevant le portrait de Hannah Lean au sommet de l'escalier, Jury détourna les yeux. En entrant dans la bibliothèque, il remarqua qu'on avait tiré le lustre suspendu à une chaîne vers la balustrade du petit balcon.

— Vous voulez bien nous raconter ce qui s'est passé hier soir ? demanda Tom alors qu'ils s'asseyaient. Je sais que c'est éprouvant, mais je préfère l'entendre de votre bouche. Néanmoins, rien ne vous oblige à répondre à mes questions. Je veux seulement vous aider.

Il avait parlé d'un ton posé qui contribuait à gommer les aspects pénibles de la situation.

Flora se lança :

— Il devait être 19 h 30 – nous venions de passer à table – quand Tony est arrivé sans prévenir et a demandé à me parler. Nous sommes allés au salon. Il était hors de lui, car il venait de recevoir les papiers de mon avocat. « Je ne comprends pas que tu sois aussi surpris, lui ai-je dit. Je t'ai averti que j'avais engagé une procédure de divorce. — Je ne pensais pas que ce serait aussi rapide, m'a-t-il répondu. — Nous sommes séparés depuis deux ans, Tony », lui ai-je rappelé. Ça n'a fait qu'augmenter sa fureur, et il a refusé de signer les documents. Quand je lui ai fait remarquer qu'il n'avait pas le choix, il est devenu menaçant, et j'ai pris peur. J'ai reculé vers le secrétaire et en ai sorti le pistolet automatique de mon oncle. Comme Tony avançait toujours vers moi, j'ai visé sa jambe et j'ai tiré. Au même moment, j'ai entendu un bruit dans mon dos. Avant que j'aie pu me retourner, une seconde détonation a éclaté, et Tony s'est écroulé. Je me suis précipitée vers lui, ignorant s'il était mort ou vivant, puis j'ai couru vers la porte-fenêtre, mais je n'ai vu personne. Ça s'est passé tellement vite… Puis la cuisinière est entrée, suivie de Bub, et tout s'est accéléré.

La jeune femme regarda en direction du salon, comme si elle s'attendait à en voir surgir l'intrus de la veille.

Tom Brownell avait écouté son récit sans l'interrompre.

— Je sais que c'est difficile à croire, reprit Flora, mais je n'ai pas tué Tony. J'avais juste l'intention de l'effrayer. Oncle Frank possède un autre pistolet, rangé dans le débarras à côté de la cuisine. Mais il est dans un coffret fermé à clé. Je ne vois pas qui aurait pu…

— Tel que vous le dépeignez, dit enfin Tom, votre mari devait avoir beaucoup d'ennemis.

— Il en avait, c'est certain. Mais pas tant que ça.

— Comment l'expliquez-vous ?

— Je ne saurais pas…

Flora leva les yeux vers le balcon et hurla :

— Bub, non !

Tom et Jury se baissèrent instinctivement. Mais Bub, accroché au lustre, passa bien au-dessus de leurs têtes avant de se laisser tomber sur le sofa.

Avec sa forme effilée, d'une modernité étonnante pour une maison aussi ancienne, et ses câbles tendus comme des gréements, le lustre ressemblait un peu à un bateau. Quoi de plus tentant pour un gosse ?

— Quand la femme de ménage doit l'épousseter ou changer une ampoule, expliqua Flora, elle le tire vers le balcon à l'aide d'une perche et l'attache à la balustrade. Si elle oublie de le remettre en place, Bub s'y accroche et se balance. J'ai déjà fait renforcer la poutre, mais un jour ou l'autre, le plafond va s'écrouler.

— Qui est-ce ? s'enquit Tom en désignant Bub.

— Le neveu de mon mari.

Le petit garçon s'était levé, encore étourdi par sa chute.

— Combien de fois te l'ai-je défendu ? gronda Flora en le secouant comme un pantin.

— Viens par ici, Bug, dit Tom.

— Je ne m'appelle pas Bug, mais Bub ! répliqua le gosse, vexé.

Il s'approcha néanmoins de Tom.

— Oh ! dit celui-ci. Pardon.

— Vous êtes policier ?

— Non.

— Détective privé ?

— Non plus.

— Vous êtes quoi alors ?

— Rien.

L'idée qu'une grande personne puisse n'être « rien » parut ravir Bub.

— C'est quoi, votre métier ?

— Je pose des questions aux petits garçons.

Encore une réponse qui eut l'air de plaire à Bub.

— M. Brownell a longtemps travaillé à Scotland Yard, intervint Jury.

— Vous arrêtiez des méchants ?

— Parfois, oui.

— Vous avez déjà tiré sur quelqu'un ?

— Bien sûr. Pas toi ?

— Moi ? Je n'ai pas de pistolet !

— En parlant de ça, on a tiré sur quelqu'un, hier soir. Où étais-tu, à ce moment-là ?

— En haut, avec Chester.

— Où est Chester ? demanda Tom en regardant autour de lui. Il a peut-être un pistolet, lui.

— Chester, c'est mon chien !

— Oh ! Je vois. Chester et toi, vous avez entendu du bruit dans le salon ?

Bub secoua vigoureusement la tête.

— Non.

Tom se tourna vers Flora.

— Votre mari était-il déjà venu à Watermeadows ?

— Non. Nous ne communiquons… *communiquions* presque plus. D'où mon étonnement quand il a débarqué.

— Je ne vois pas ce que ça avait d'étonnant : il venait de recevoir les papiers de votre divorce.

— Il devait s'y attendre.

— Peut-être. Mais à en juger par sa réaction, cela ne semble pas aussi évident.

Tom sourit à la jeune femme pour minimiser ce qui aurait pu passer pour une mise en doute de son récit.

— Aviez-vous une raison particulière de lui faire parvenir ces papiers maintenant ?

— Pas vraiment, non. Je me suis dit qu'il était temps. Après tout, ça faisait deux ans que nous étions séparés…

— C'était le sens de ma question. Pourquoi avoir attendu aussi longtemps ? Vous espériez encore sauver votre couple ?

Flora saisit la perche qu'il lui tendait.

— En effet, acquiesça-t-elle.

Ça paraît difficile, si vous aviez cessé de vous parler, songea Jury.

— Nous n'allons pas vous ennuyer plus longtemps, reprit Tom en se levant.

— Vous ne nous ennuyez pas du tout ! protesta Bub.

— Je pensais que vous me poseriez davantage de questions, s'étonna Flora.

Tom sourit.

— Il est possible que je vous en pose d'autres, plus tard.

La jeune femme semblait aussi peu disposée que Bub à le laisser partir.

— Vous croyez qu'elle dit la vérité ? demanda Jury comme ils montaient à bord de la Bentley. (Il avait été surpris d'apprendre que Tom était venu d'Ardry End à pied.)

— Elle, je ne sais pas. Mais lui, non.

— « Lui » ? Vous parlez de Bub ?

— Il prétend qu'il n'a pas entendu la dispute entre Flora et son mari. Ça paraît impossible.

— Pourquoi mentirait-il ?

— Pour un tas de raisons, la principale étant que les gosses craignent toujours que la vérité ne leur attire des ennuis.

Il s'était mis à pleuvoir, et la buée avait envahi le pare-brise malgré la ventilation. Tom le frotta avec un chiffon.

— Vous ne pensez quand même pas que les deux affaires sont liées ? reprit Jury. Celle-ci et la mort de Manon Vinet ?

— Je l'ignore, répondit Tom en jetant le chiffon sur le sol. Mais je m'interroge. Vous permettez ?

Il sortit un paquet de Silk Cut de sa poche et proposa une cigarette à Jury, qui secoua la tête.

— Brian ne vous a pas arraché la promesse de retourner sur Bryher ? demanda-t-il après avoir allumé sa cigarette.

— Macalvie ne fonctionne pas comme ça. Il se contente de vous rendre la vie infernale jusqu'à ce que vous cédiez et fassiez ce qu'il attend de vous.

Tom rit en soufflant la fumée.

— Il n'a peut-être pas tort, dit-il.

— Vous êtes en train de me dire que je dois retourner là-bas ?

— Je supposais que Brian Macalvie s'en serait déjà chargé.

13

Le lendemain matin, pendant le petit déjeuner, Jury proposa à Melrose de l'accompagner sur Bryher. Son ami déclina l'invitation, arguant qu'il devait veiller sur Chagriné.

— Chagriné a déjà Sydney, lui rétorqua Jury. Il n'a pas besoin de toi.

— Et toi, tu as déjà Macalvie.

— Macalvie n'a pas prévu de retourner sur Bryher.

— Il est culotté de se reposer sur toi alors qu'il vit juste à côté, à Exeter !

— Exeter n'est pas exactement « à côté » des îles Scilly. C'est quand même à une heure et demie d'hélicoptère.

— C'est toujours plus près que le Northamptonshire.

— Ça vous arrive souvent de vous disputer comme ça ? s'enquit Tom, qui avait passé la nuit à Ardry End, de même que sa petite-fille. On dirait un vieux couple.

— Assez souvent, oui, répondit Melrose. Au fait, vous ne voudriez pas aller avec lui sur Bryher ?

Tom jeta un coup d'œil vers la fenêtre derrière laquelle l'aube se levait à peine.

— Non, répondit-il. Je vais raccompagner Sydney chez elle. Vous comptez faire l'aller-retour dans la journée, Richard ?

— Oui, répondit Jury. En tout cas, je l'espère.

La rapidité du trajet jusqu'à Bryher – d'abord en avion, de Heathrow à Sainte-Marie via Newquay-Cornouailles, puis avec le bateau qui les avait transportés, Macalvie et lui, quelques jours plus tôt – conforta Jury dans cet espoir.

L'inspecteur en chef Whitten l'attendait sur le quai et l'embarqua aussitôt à bord d'une jeep. Comme ils roulaient vers le Hell Bay Hotel, Jury lui demanda lequel des employés il lui conseillait d'interroger.

— Je crains que le commissaire Macalvie et son équipe ne les aient tous saignés à blanc, répondit Whitten. À l'exception d'une serveuse, Amy Dudgeon.

— Qu'est-ce qui vous fait croire que cette Amy Dudgeon a échappé à cette saignée ? plaisanta Jury.

— Même si elle n'a pas beaucoup parlé à la victime, elle m'a donné l'impression d'en savoir plus qu'elle n'en disait sur les relations de celle-ci avec Dan Cooke.

— Le mari de Daisy ?

— Oui. Bien sûr, rien ne permet d'affirmer qu'il y ait eu quoi que ce soit entre ces deux-là. Mais ça vaudrait la peine d'insister de ce côté.

Hormis un couple attablé dans un coin, la salle à manger de l'hôtel était vide. Jury n'avait pas faim, bien que l'heure du déjeuner fût passée depuis longtemps. Il commanda néanmoins un sandwich, dans l'unique but de capter l'attention de la serveuse, Amy Dudgeon.

Après quelques commentaires généraux sur les événements des derniers jours, voyant qu'il n'obtiendrait rien d'elle par ce moyen, il donna un tour plus personnel à la conversation en exhibant sa carte. L'inquiétude se peignit sur le visage d'Amy, qui s'assit.

— J'ai à peine échangé quelques mots avec elle, dit-elle. Pour prendre sa commande, lui demander si elle préférait du thé ou du café… Vous voyez le genre.

— Non, je ne vois pas, Amy. C'est pourquoi je vous pose ces questions. En ce qui concerne le mari de Daisy Cooke, j'ai cru comprendre qu'il l'avait quittée ?

— J'ai plutôt entendu dire qu'elle l'avait fichu dehors. Il a rassemblé ses affaires – son argile, son tour – et il a levé le camp.

— Son tour ?

— Il était potier.

Amy prit un petit vase aux couleurs tourbillonnantes au centre de la table.

— C'est lui qui a fabriqué ça, expliqua-t-elle. Il était doué… Enfin, je trouve.

Elle examina le vase pendant quelques secondes avant de le reposer.

— Ils venaient parfois dîner, reprit-elle. Elle ne parlait pas beaucoup, mais lui, si. Il se plaignait souvent – pas de l'hôtel, de l'île. Je peux le comprendre : il ne se passe jamais rien ici.

Cette quiétude supposée semblait lui inspirer un profond mépris.

— Vous verriez les choses autrement si vous viviez à Londres, dit Jury.

— Dieu vous entende ! s'esclaffa Amy. Bizarrement, c'est lui qui avait la bougeotte, mais c'est elle qui était tout le temps fourrée chez Bewley.

— Bewley ?

— L'agence de voyages locale. Excusez-moi, mais on m'appelle.

Amy se leva et se dirigea vers la seule autre table occupée, derrière laquelle un homme levait la main pour attirer son attention.

En poussant la porte de l'agence Bewley, Jury découvrit une femme d'âge mûr qui tapait avec une rapidité stupéfiante sur un vieux modèle de machine à écrire. Depuis quand n'avait-il pas vu ce genre de machine en usage, surtout utilisée avec une telle dextérité ? Josephine Bewley – son nom était gravé sur une plaque en laiton – ne leva même pas les yeux à son entrée. Elle aurait pourtant dû se réjouir de sa visite, car on ne semblait pas se bousculer dans son établissement. Enfin, elle ôta les doigts du clavier et lui désigna un des deux fauteuils qui faisaient face à son large bureau en bois. Elle avait des cheveux gris clairsemés et un chemisier en imprimé Liberty.

— Je m'occupe de vous dès que je suis libre, dit-elle.

« Libre ? » Jury chercha du regard les clients qui accaparaient son attention : Josephine Bewley semblait déjà libre comme l'air. Il s'assit et examina ce qui l'entourait. Sur les murs, les inévitables vues des îles Scilly côtoyaient l'affiche plus étonnante d'un labyrinthe – probablement celui du château de Hever, point d'orgue obligé de tout circuit touristique – ainsi que d'affreux tableaux dont les sujets, humains comme animaux, avaient tous l'air figé, comme s'ils se retenaient d'éternuer.

Après une éternité, Josephine Bewley rangea son stylo dans un pot et laissa pendre ses lunettes retenues par un cordon noir.

— Que puis-je pour vous ? s'enquit-elle.

Jury lui montra sa carte.

— Encore ? protesta-t-elle. Vos collègues sont déjà passés ce matin. Ça ne leur a pas suffi ?

Jury produisit une photo de Flora Flood.

— Connaissez-vous cette femme ?

— Ce n'est pas celle qu'on a retrouvée sur la plage !

Le ton était presque accusateur.

— En effet, celle-ci est bien vivante. Mais nous nous intéressons à elle dans le cadre de l'enquête. Nous cherchons à savoir si elle est venue ici.

— *Ici ?*

— Sur Bryher.

— Une seule fois, répondit Josephine Bewley, visiblement agacée.

Elle ouvrit le grand registre noir posé devant elle, sans se soucier de l'effet que sa réponse avait produit sur Jury.

— Vous pourriez préciser ? insista le policier, partagé entre la surprise et l'envie de l'étrangler.

— C'était au Hell Bay, dit-elle, le doigt sur une colonne de chiffres.

— Madame Bewley, j'aimerais savoir dans quelles circonstances précises vous avez vu cette femme.

— D'accord ! soupira-t-elle. J'étais attablée avec mon frère dans la salle à manger de l'hôtel. Ce soir-là, ils servaient une de leurs spécialités, le filet de saint-pierre sauce crevette. Avec sa garniture de courge rôtie, ajouta-t-elle en le regardant droit dans les yeux, comme si elle venait de lui révéler un détail capital.

Pourvu qu'elle n'énumère pas tous les ingrédients ! pensa Jury.

— Nous nous sommes étonnés de l'absence de clients à cette période de l'année…

Jury rongeait son frein : *C'est toi qui as réclamé des détails, mon vieux. Tu n'as que ce que tu mérites.*

— … toute seule à une table.

Bercé par la voix monotone de Josephine Bewley, Jury n'avait pas remarqué qu'elle était arrivée au terme de son récit.

— Et ensuite ?

Elle le fixa d'un regard vide.

— Eh bien, je suppose qu'elle a mangé. Ne me demandez pas ce qu'elle a commandé ; ce n'est pas moi qui servais ce soir-là.

Elle souligna cette tentative d'humour d'un petit sourire suffisant.

— Mais elle a bien dû bouger à un moment ou à un autre ?

— Pas avant que l'homme arrive.

Elle se replongea dans ses chiffres. Jury se fit violence pour ne pas bondir de son fauteuil.

— Quel homme ?

— Il n'a pas dit son nom.

— Mais vous pourriez peut-être le décrire ?

— Le *décrire* ?

Un homme émergea alors de l'arrière-boutique et salua aimablement le visiteur.

— Bonjour, je suis Matthew, le frère de Josephine. La seconde tête de l'agence Bewley, si vous préférez.

Jury serra la main qu'il lui tendait, puis il ressortit sa carte et la photo de Flora Flood.

— Votre sœur m'expliquait que vous aviez vu cette femme au Hell Bay.

Matthew se révéla aussi direct que Josephine avait été fuyante, aussi précis qu'elle s'était montrée évasive, aussi désireux de lui faciliter la tâche qu'elle l'avait été de lui mettre des bâtons dans les roues.

— En effet, acquiesça-t-il. Notre table n'était pas très éloignée de la sienne. Pendant le dîner, elle a été approchée par un jeune homme – enfin, plus jeune que le vieux débris que je suis devenu…

— Ne dis pas de bêtises ! le coupa sa sœur. Tu parais dix ans de moins que ton âge.

— J'ai quand même l'âge que j'ai !

Matthew sourit à Jury et reprit :

— C'était la première fois que je voyais l'un et l'autre, aussi je crains de ne pas vous être très utile. L'homme était grand, brun… Pas très beau, mais bien habillé. Il a gardé son manteau, précisa Matthew d'un air perplexe. Je n'ai pas eu l'impression qu'ils avaient rendez-vous, mais qu'il était tombé sur elle par hasard…

Josephine l'interrompit de nouveau :

— Comment peux-tu dire ça ? Tu les as à peine vus quelques minutes !

Au lieu de lui répondre, Matthew s'adressa à Jury :

— Peut-on savoir pourquoi vous vous intéressez à cette femme, commissaire ? Est-elle liée à celle qu'on a retrouvée sur la plage ?

— C'est possible. Je m'interrogeais aussi au sujet de la mort de Daisy Cooke, ajouta Jury après une pause. On n'a pas l'absolue certitude qu'il s'agissait d'un suicide ou d'un accident.

Matthew réfléchit quelques secondes, puis il déclara :

— C'est idiot de dire ça, mais ce n'était pas son genre.

— Vous suggérez que Daisy n'était pas du genre à se suicider ?

— Exactement. Même avec une mauvaise main, elle ne se serait jamais couchée.

— Je ne vous suis plus.

— C'est une métaphore empruntée au poker. On ne vous apprend donc rien, dans la police ? Ce que je veux dire, c'est que Daisy Cooke n'aurait jamais renoncé sans combattre, même dans une situation sans issue. *Sss, sss, sss*... Fichue allitération ! J'aurais fait un très mauvais poète.

— Ou un très bon, au contraire, répliqua Jury en souriant. Selon vous, quelle situation sans issue Daisy a-t-elle dû affronter ?

— La réponse tient en deux mots, intervint Josephine : Dan Cooke.

Ayant refermé son livre de comptes, elle s'était remise à taper à la machine.

Son frère, sans doute habitué à ces interruptions, ne parut pas s'en formaliser.

— Son couple, dit-il. Dan n'était pas un mauvais bougre, mais il avait Bryher en horreur alors que Daisy l'adorait. Ils avaient des tempéraments radicalement opposés. Elle aimait la solitude, le silence, la nature… Et bien sûr, sa mère vivait ici.

— La pauvre femme, commenta Josephine. Elle était très malade. Un cancer, je crois.

— Daisy répugnait à la laisser, c'est ça ?

— Oui.

— Mais après la mort de sa mère, plus rien ne la retenait ici, pourtant.

— Elle était très attachée à cette île. Pour rien au monde, elle ne l'aurait quittée.

— Si son mari détestait vivre ici, ils auraient pu simplement se séparer.

Matthew haussa les épaules.

— Je suppose qu'ils auraient fini par s'y résoudre. Mais Daisy ne se serait pas suicidée pour autant.

— Il y avait peut-être autre chose dont elle ne parlait pas. Si elle se sentait prise au piège…

Matthew sourit et indiqua le mur.

— Vous voyez cette affiche ? Elle représente le labyrinthe d'eau de Hever. Daisy l'aimait beaucoup. Un jour, je lui ai dit : « Vous finiriez trempée avant d'avoir trouvé la sortie, si jamais vous la trouviez. — Il y a toujours une issue », m'a-t-elle répondu.

— Connaissiez-vous les Summerston, monsieur Bewley ? Ils ont séjourné sur l'île à plusieurs reprises.

— Uniquement de vue, mais il me semble que Jack Couch connaissait bien M. Summerston. Gerald, c'est ça ?

— Oui. Où puis-je trouver M. Couch ?

— À droite en sortant, juste avant le quai. Tout le monde pourra vous indiquer sa maison.

— Merci.

Jury toqua à la porte vitrée, entrebâillée de quelques centimètres.

— Monsieur Couch ? appela-t-il.

Un homme maigre sortit d'une autre pièce et ouvrit la porte en grand.

— Lui-même, dit-il. C'est à quel sujet ?

Jury produisit sa carte.

— Pardon de vous déranger, mais…

— Un commissaire ? Cette femme devait être bigrement importante pour qu'on nous envoie les huiles de Scotland Yard !

Jury repéra alors une carabine accrochée au mur.

— C'est une Winchester ? s'enquit-il.

Jack Couch acquiesça en souriant.

— En effet. Mais ce n'est pas elle qui a tué cette femme.

Jury lui retourna son sourire.

— Et ce n'est pas la raison de ma visite.

— Bien ! Maintenant, si vous voulez bien m'accompagner, j'étais en train de nettoyer un fusil à l'arrière.

Il guida Jury à travers la salle à manger, jusqu'à une pièce plus petite, meublée de plusieurs armoires vitrées.

— Je collectionne les armes, expliqua Couch tandis que Jury promenait un regard curieux autour de lui. Elles sont toutes enregistrées et je les garde sous clé, vous pouvez me croire. Avec tous les gosses qui passent ici, deux précautions valent mieux qu'une.

— Vous recevez des enfants ?

— Ils adorent cette pièce. Mais rassurez-vous, je ne les laisse pas toucher à ma collection. S'ils veulent la voir, ils doivent d'abord assister à une de mes causeries.

— Vous donnez des conférences ?

— Sur les dangers des armes à feu, oui. Je leur demande aussi de mémoriser quelques règles de base.

— Vous connaissez les sœurs Noyes, Zoe et Zillah ?

— Zoe ? Bon sang, oui ! Une de mes auditrices les plus assidues. Elle possède elle-même une arme que j'aimerais bien avoir dans ma collection. Ne faites pas cette tête ! Elle ne la range pas dans le tiroir de sa commode, avec ses chaussettes. Sa tante l'a mise à l'abri. C'est un pistolet Sig-Sauer P226. Mais je ne me risquerais pas à l'utiliser. Ça doit faire des années qu'on ne l'a pas nettoyé.

Un fusil reposait sur une table au centre de la pièce. Jack Couch introduisit une longue brosse dans le canon et demanda :

— De quoi vouliez-vous me parler, commissaire ?

— Vous souvenez-vous des Summerston, un couple qui a séjourné à plusieurs reprises sur Bryher ? Matthew Bewley m'a dit que vous les aviez fréquentés, surtout l'homme, Gerald.

— Je ne le connaissais pas très bien, mais il nous arrivait de parler, oui. Surtout de la guerre de Corée. Il avait été décoré.

— Pour conduite distinguée, oui. Vous vous intéressez à la guerre de Corée ?

— À toutes les guerres, mais particulièrement à celle-ci.

— La bataille de la rivière Imjin, ça vous dit quelque chose ?

— Un peu, oui ! Une offensive colossale des Chinois. Je ne l'ai pas vécue – moi, j'ai fait les Malouines, pas la Corée. Mon père, si. C'était un vrai héros, lui ! Il avait la croix militaire, mais il ne le criait pas sur tous les toits.

— Contrairement à Gerald Summerston ?

Jack reporta son attention sur le fusil.

— Mon père ne parlait jamais de sa médaille, reprit-il en faisant aller et venir la brosse. Jamais ! Il aurait trouvé ça indécent. Les hommes qui avaient combattu sous ses ordres n'y faisaient jamais allusion non plus. Mais Summerston se débrouillait toujours pour ramener la sienne dans la conversation, même s'il faisait semblant de n'y accorder aucune importance.

— Aviez-vous des raisons de douter de son mérite ?

Jack haussa les épaules.

— C'était juste la façon dont il se mettait en avant qui me gênait. Sans doute parce que mon père avait un caractère différent.

Jury se leva.

— Je ne vais pas vous déranger plus longtemps, monsieur Couch.

— Appelez-moi Jack. Et vous ne me dérangez pas du tout. Au fait, vous ne m'avez pas dit si la police avait retrouvé l'assassin de la femme sur la plage.

Jury secoua la tête.

— Pas encore.

Après avoir quitté Hell Bay et ses eaux tumultueuses, Jury s'assit à une table de l'Old Success tout en poursuivant sa conversation téléphonique avec Brian Macalvie.

— Tu as enquêté sur la mort de Daisy Cooke ? demanda-t-il.

— Moi ? Non. C'est Tom Brownell qui a fait le plus gros du travail.

— Comment est-ce possible ? Il travaillait pour la Met, et il s'agissait de sa fille !

— Officiellement, c'était un certain commissaire... Smithson qui dirigeait l'enquête.

— Tout le monde a conclu à un suicide ?

— Tout le monde sauf Brownell, bien que le médecin légiste ait pu déterminer qu'elle avait ingéré une dose létale de médicaments.

— Et toi ? Tu partageais l'avis général ?

— Non. Daisy Brownell était la personne la plus solide que j'ai jamais rencontrée. Un vrai roc ! Je comprends que Tom ait toujours réfuté cette thèse. Franchement, je n'imagine pas Daisy perdre pied au point de se suicider.

— C'est plus complexe que ça. Les personnes qui mettent fin à leurs jours agissent rarement sur une impulsion. À supposer que Daisy ait eu un point faible, quel était-il ?

— Personne ne le savait au juste, mais beaucoup supposaient que c'était son mari, Dan Cooke.

— Pourtant, elle semblait avoir réglé le problème en le mettant dehors. Une autre se serait peut-être résignée à souffrir en silence. Daisy, elle, a pris le taureau par les cornes. Telle qu'on me l'a dépeinte, elle n'était pas du genre à jouer les victimes ou à se laisser piéger.

Jury but une gorgée de bière et répéta l'anecdote que lui avait rapportée Matthew Bewley au sujet de Daisy et du labyrinthe de Hever :

— « Il y a toujours une issue. » Comment une femme animée par un tel credo aurait-elle pu se suicider ?

Sur le chemin de l'aéroport, Jury reçut un appel de l'inspecteur en chef Brierly.

— On a peut-être trouvé un mobile dans l'affaire Servino.

— Oui ?

— L'accident de voiture qui a laissé la femme handicapée… Ce n'en était pas vraiment un.

— Si elle en avait voulu à son mari au point de le supprimer, elle n'aurait pas attendu aussi longtemps.

— Sauf si elle avait découvert récemment des éléments nouveaux. Tony Servino était un dingue de bagnoles. Il avait l'habitude de bricoler son Alfa Romeo pour augmenter ses performances. En particulier, il avait supprimé un support sous le capot, ce qui la fragilisait en cas de collision.

— Ça le rendait également plus vulnérable. Il aurait risqué sa propre vie pour tuer sa femme ?

— Il connaissait les routes de la région comme personne. Il aurait pu s'entraîner à heurter une barrière avec juste la force nécessaire à la réalisation de son projet. Et en cas d'échec, il n'aurait eu qu'à recommencer. Personne n'aurait soupçonné une tentative de meurtre, surtout de la part du conducteur du véhicule.

— Vous évoquiez des éléments nouveaux. D'où proviennent-ils ?

— D'un mécanicien spécialisé dans les marques italiennes : Maserati, Alfa Romeo, Ferrari… Vous voyez le topo.

— Pas vraiment, non. Et qu'a-t-il… ? Déjà, comment s'appelle-t-il ?

— Alex Crenshaw. Il possède un garage le long de la North Circular Road. C'est à lui que Tony Servino avait acheté son Alfa. Toutes les voitures d'occasion qu'il vend sont garanties en parfait état.

— Normal. Poursuivez.

— Quand il a appris l'accident – les journaux de Londres en ont fait état à l'époque –, il s'est posé des questions. On a trouvé trace d'un appel qu'il a passé à la police environ un mois plus tard. Il y évoquait notamment les conséquences d'une collision sur ce genre de véhicule. Je crois que vous devriez lui parler. Son témoignage était assez vague.

Brierly indiqua à Jury le numéro d'Alex Crenshaw ainsi que l'adresse de son garage.

— Merci, Ian. Une dernière chose : Flora Flood est mise en examen ?

— Pas encore. Elle s'est offert les services d'un poids lourd pour la défendre : le cabinet Treadwell.

— Les avocats de Melrose Plant. Il n'y a pas mieux à Londres.

— Elle aura besoin des meilleurs, répondit Brierly avant de raccrocher.

Jury fit une halte à une vingtaine de kilomètres de Long Piddleton afin d'appeler Ardry End.

— Milord est au Jack and Hammer, commissaire, lui dit Ruthven. Mais il devrait rentrer bientôt.

L'expérience lui ayant appris que son ami avait une notion du temps très élastique, Jury le remercia et lui annonça qu'il arriverait « bientôt ».

— Mais d'abord, ajouta-t-il, je passerai par le Jack and Hammer.

14

Un quart d'heure plus tard, Jury entrait au Jack and Hammer. Plutôt, il essayait, car le large dos de Dick Scroggs bloquait le passage. Il amorçait une manœuvre de contournement quand Trueblood cria :

— Feu !

Mme Withersby, debout face à Scroggs, pressa la détente de ce qui avait tout l'air d'un pistolet à eau, arrosant à la fois son patron et Jury.

— Bon sang, qu'est-ce qui se passe, ici ? demanda le policier.

Trueblood, lui-même armé d'un pistolet factice, se tenait à environ trois mètres de Scroggs. Sans se donner la peine de répondre à Jury, il tira une première cacahuète, qui manqua de peu l'épaule de sa cible, puis une seconde, qui atteignit le montant de la porte.

Derrière Trueblood, Joanna Lewes s'efforçait de tenir droite une porte-fenêtre grossièrement découpée dans du carton.

— Richard ! s'écria Vivian Rivington.

Diane Demorney et elle constituaient le public de cette étrange mise en scène.

— Qu'est-ce qui se passe, ici ? répéta Jury.

— Une reconstitution du crime de Watermeadows, répondit Trueblood. Astucieux, pas vrai ?

— Non, répliqua Jury en s'asseyant à côté de Vivian. D'où sortez-vous ce pistolet ?

— Celui-ci ? C'est un faux. Il tire des cacahuètes. Un type de Windsor me l'a vendu pour dix livres.

— Tout ça m'a donné soif, déclara Mme Withersby en s'approchant du comptoir. Où est mon gin ?

— Personne vous a demandé de m'arroser, grogna Scroggs en la servant.

— Où est Plant ? s'enquit Jury. Ruthven m'a dit que je le trouverais ici. Je m'étonne qu'il n'ait pas participé à cette mascarade.

— Il est parti il y a dix minutes, indiqua Trueblood.

— Vous êtes injuste avec Marshall, lança Diane sur un ton de reproche. Je trouve son idée excellente. Remettez-nous ça, Dick !

— Ça m'ennuie de dire ça, reprit Trueblood, qui n'avait pas du tout l'air ennuyé, mais cette histoire d'intrus fait un peu cliché, non ?

— Pourquoi cliché ? intervint Joanna, qui avait lâché la porte-fenêtre pour venir s'asseoir.

— Dans les romans, le coupable vient toujours de l'extérieur. Tu es bien placée pour le savoir.

— On n'est pas dans un roman, Marshall, lui rappela Joanna. Un homme a été tué.

— Ce détail mis à part, tout sonne faux dans cette affaire, répliqua Trueblood en frottant une tache sur son pistolet à cacahuètes.

— Tu crois que Flora Flood a menti ? demanda Vivian.

— C'est la seule autre possibilité.

— Nous disposons de trop peu d'éléments pour en tirer une conclusion définitive. Et d'abord, pourquoi aurait-elle tué cet homme ?

— Parce qu'il était son mari, répondit Diane Demorney.

— C'est un mobile suffisant ?

— D'après mon expérience, oui.

— Tenons-nous-en aux faits, reprit Trueblood. Dick Scroggs mesure au moins deux têtes de plus que Withersby. Tony Servino aussi était plus grand que sa femme. Si quelqu'un avait voulu l'abattre alors qu'elle se trouvait juste devant lui, il lui aurait probablement tiré une balle dans le crâne. Alors qu'en visant sa poitrine, la balle aurait dû traverser Flora Flood avant de l'atteindre. Vous voyez où je veux en venir ?

— Parfaitement, acquiesça Jury. La cible n'était pas Tony Servino, mais sa femme.

— Un bon point pour vous !

— Je ne suis pas flic pour rien. Mais d'où tenez-vous tous ces détails sur l'enquête ?

— De Melrose, qui les tenait de vous et de l'inspecteur en chef Brierly.

— Brierly ne devrait pas divulguer…

Le portable de Jury vibra au fond de sa poche. C'était Macalvie.

— Je t'attends à Exeter. Fais vite.

— Macalvie, je viens à peine d'arriver dans le Northants !

— Et alors ? Ici, on a une cathédrale.

— Il y en a une aussi à Northampton.

— Oui, mais la leur n'est pas devenue une scène de crime.

Le silence se prolongea.

— Tu es toujours là, Richard ?

— Non.

— Tu n'es pas curieux d'en savoir plus ? Une jeune femme abattue dans la cathédrale d'Exeter.

— À quel endroit de la cathédrale ?

— Dans la nef. Trop fort, non ?

— Si tu le dis… Mais pourquoi m'appelles-tu ?

— Tu comprendras quand tu verras.

— Parce qu'il y a quelque chose à comprendre ?

— C'est la troisième.

— Tu ne m'aides pas beaucoup, là.

— Ne te fais pas plus bête que tu ne l'es. La troisième victime tuée par balle.

— Tu veux parler de Tony Servino et de Manon Vinet ? Si je compte bien, ça fait deux victimes en tout.

Trueblood, qui n'en perdait pas une miette, haussa ses sourcils parfaitement épilés.

— C'est vraiment tiré par les cheveux ! protesta Jury, moins en réaction à la théorie de Macalvie qu'à la mimique de l'antiquaire.

— Bon Dieu, je déteste cette expression !

— Rien ne permet de relier les trois affaires, et surtout pas la géographie : Bryher, Northampton, Exeter. En cherchant bien, tu devrais trouver d'autres meurtres par balle dans le même laps de temps.

— J'ai compté, il y en a eu exactement six. Cinq hommes et une vieille dame abattue par un cambrioleur.

— Et… ?

— Passe prendre Tom Brownell et rapplique.

— Qu'est-ce qui te fait croire qu'il a envie de se farcir la route jusqu'à Exeter ?

— Il viendra parce que c'est Tom Brownell, affirma Macalvie avant de raccrocher.

Jury regarda le téléphone soudain muet. Quand il se tourna vers la table, quatre paires d'yeux le fixaient en silence.

— Quoi ? lança-t-il.

15

— Tu l'as raté de peu, répondit Melrose quand Jury lui demanda où était Tom Brownell. Il est parti il y a dix minutes.

— Merde ! Sydney est avec lui ?

— Non, elle est restée.

— Pourquoi ne t'ai-je pas trouvé au Jack and Hammer, le derrière vissé à ta chaise habituelle ?

Melrose soupira.

— Je suis sincèrement inquiet pour Flora Flood, moi.

— Tu le seras encore plus quand je t'aurai exposé la dernière théorie de Trueblood.

— Le seul fait qu'il en ait une m'angoisse.

— Il pense que le tueur la visait elle, et non son ex-mari.

Melrose écarquilla les yeux et posa son verre.

— D'où sort-il cette idée ?

Jury lui décrivit les positions respectives des deux protagonistes, sans omettre le rôle de Mme Withersby dans le minidrame mis en scène par l'antiquaire.

Melrose rit malgré lui.

— Cette histoire est de plus en plus déconcertante !

— Tu n'as encore rien vu. Brian Macalvie m'a appelé. Une femme a été abattue à Exeter, dans la cathédrale.

— La *cathédrale* ?

— Macalvie soupçonne que ce nouveau meurtre est lié à ceux de Bryher et de Watermeadows.

— Ne me dis pas que tu y crois !

— Moi, non. Mais lui n'en démord pas.

— Toutefois, si Marshall a vu juste, et si l'assassin visait Flora… Je ne veux même pas y penser ! Macalvie envisage-t-il un mobile pour le meurtre de la cathédrale ?

— Pas encore.

Melrose s'enfonça dans son fauteuil.

— Un tueur en série qui frapperait successivement en Cornouailles, dans le Devon et enfin dans le Northants ? dit-il d'un air pensif. Ça paraît invraisemblable. S'il existe un lien entre ces trois affaires, il est d'une autre nature. Déjà, deux d'entre elles ont pour cadre des lieux particulièrement difficiles d'accès : Bryher, une île isolée, et Watermeadows, une propriété privée à l'extérieur d'un petit village du Northamptonshire. Reste encore à déterminer si la deuxième cible était Tony Servino ou Flora Flood…

— Je suis d'accord. Néanmoins, je me pose des questions sur la dernière affaire.

— Rien ne t'oblige à aller chercher les réponses à Exeter.

— Est-ce que Tom t'a donné son numéro de portable ?

— Pourquoi ?

— À ton avis ? J'ai besoin de l'appeler.

Melrose se leva d'un air morose et actionna la sonnette à droite de la cheminée. Il avait à peine lâché le cordon damassé que Ruthven apparut.

— En effet, milord, dit le majordome. M. Brownell nous a laissé son numéro.

Il se dirigea vers le secrétaire au fond de la pièce et y prit un carnet d'adresses qu'il tendit à Melrose.

— Excellent, Ruthven ! Richard, tu n'as quand même pas l'intention de filer déjà à Exeter ? Tu viens à peine d'arriver !

— J'ai bien peur que si. Et Macalvie veut que je lui ramène Tom.

— Mais il y a presque trois heures de route ! Si tu tiens vraiment à t'infliger cette épreuve, prends ma Bentley. Elle est plus rapide et confortable que ta vieille guimbarde de service.

— Je ne peux pas accepter.

— Bien sûr que si ! Ruthven ?

Sans un mot, le majordome sortit et revint presque aussitôt avec un jeu de clés qu'il déposa dans la main de Jury.

16

Jury n'eut pas besoin d'insister pour que Tom Brownell l'accompagne à Exeter après qu'il lui eut rapporté sa conversation téléphonique avec Macalvie.

— Un tueur en série ? dit Tom alors qu'ils faisaient route vers le Devon le long de la M4 presque déserte. Quelle idée ridicule !

— Je partage votre avis. Mais, et à plusieurs reprises, j'ai entendu Macalvie avancer des théories apparemment absurdes qui se sont révélées exactes. Vous connaissez Dennis Dench ?

— L'anthropologue judiciaire ? Bien sûr. Un génie.

— Il y a quelques années, Macalvie et lui se sont querellés à propos d'un lot d'ossements. Brian prétendait qu'ils appartenaient à la victime d'un meurtre, un garçon de 12 ans, quand Dennis affirmait qu'ils provenaient d'un adolescent plus âgé.

— Et Brian avait raison.

— Bien sûr. Il a toujours raison.

— Sa méthode repose sur un mélange unique d'intuition et de raison. J'aimerais avoir son talent pour saisir les êtres et les situations.

— Vous ? Tom, il n'y a pas plus talentueux que vous !

— Mais je m'appuie presque uniquement sur le raisonnement. Je n'ai aucune intuition.

— Macalvie, vous, moi… À nous trois, nous sommes quoi ? Les Rois mages ?

— C'est de saison, non ?

Jury et Tom Brownell levèrent les yeux vers le plafond voûté de la cathédrale d'Exeter, le plus long d'Angleterre.

— L'acoustique de l'édifice est extraordinaire, fit remarquer le premier. Les murs et la voûte auraient dû répercuter la détonation.

— On tirait un feu d'artifice au même moment, expliqua Macalvie. À l'extérieur, bien sûr. Le coup d'envoi des festivités de Noël. Ça a duré à peu près une demi-heure.

— Nous avons donc affaire à un meurtrier opportuniste, dit Tom.

— Le tireur a peut-être profité du feu d'artifice pour passer à l'action, reprit Jury, mais comment savait-il que sa victime serait là ?

— D'après les dames avec lesquelles je me suis entretenu, c'était pour ainsi dire une fidèle des lieux. Elle venait plusieurs soirs par semaine.

— On peut en déduire qu'il avait repéré ses habitudes et n'a pas pris une cible au hasard. Ça ne ressemble pas à un tueur en série.

— Souvent, les meurtres en série ont l'air isolés, du moins au début. Ou à l'inverse, ils paraissent trop bien connectés. Tu te rappelles cette affaire avec trois victimes portant des chaussures de luxe ?

— Ce n'étaient pas des meurtres en série, Macalvie.

— Je sais, mais ça y ressemblait à cause des chaussures et de l'activité des victimes – des escort-girls. Tout est affaire d'apparences, Jury.

— Et que fais-tu de la distance géographique ? Passe encore pour le Devon et la Cornouailles, qui sont proches. Mais le Northamptonshire ?

— Manon Vinet connaissait Daisy et sans doute Flora Flood, récapitula Tom. Il se peut que Daisy ait connu Flora. Mais la quatrième femme, celle qu'on a tuée ici, n'avait aucun lien avec trois autres.

— Erreur. Moira Quinn a travaillé comme femme de chambre chez les Summerston. Sa mère était cuisinière à Summerplace ; c'est elle qui l'avait recommandée.

— Tu penses qu'elle connaissait Manon ? demanda Jury.

— En tout cas, ça leur fait un point commun.

— Là, tu m'intéresses. Où a-t-on trouvé le corps ?

— Dans la cinquième travée, à côté des miséricordes.

— Quelle merveille, cette fenêtre de l'est ! commenta Tom comme ils marchaient dans la direction indiquée par Macalvie.

— Ses vitraux datent du XIVe siècle, dit celui-ci. On les a entièrement démontés pendant la dernière guerre, par crainte des bombardements.

— Une sage précaution.

Du corps de la victime ne demeurait qu'un contour tracé sur le sol.

— Moira Quinn, 38 ans, vivait avec sa mère dans un appartement sur les quais, récita Macalvie. Elle était employée comme femme de ménage chez Debenhams. Et sur son temps libre, elle faisait le « ménage sacré ».

Devant l'air perplexe de Tom Brownell, il crut bon de préciser :

— Autrement dit, elle était bénévole ici, à la cathédrale. J'ai interrogé quelques-unes de ses compagnes. Toutes l'ont décrite comme très soigneuse. Très pieuse, aussi. Avant de s'installer à Exeter, Moira travaillait chez des particuliers à Londres : South Kensington, Belgravia, les Docklands… Elle vivait dans le district de Battersea, également avec sa mère. Comme vous vous en doutez, la pauvre femme est dévastée.

— Je vous crois sans peine, acquiesça Tom.

17

Une petite femme brune aux yeux bleus leur ouvrit. Elle ne donnait pas l'impression d'avoir pleuré, mais le regard qu'elle fixa sur Jury exprimait une douleur insondable.

— Madame Quinn ? dit Tom Brownell. Pardon de vous déranger, mais nous sommes de la police.

Sa voix aurait fait fondre une banquise.

Sans un mot, la mère de Moira s'appuya au montant de la porte.

Tom attendit quelques secondes, puis il posa une main sur son épaule et demanda :

— Pourrions-nous entrer, madame ?

Elle s'écarta pour les inviter à pénétrer dans le salon, où elle leur désigna deux fauteuils de part et d'autre de la cheminée. Celle-ci était éteinte, mais on avait disposé du bois dans l'âtre. Elle s'assit face à eux, sur un petit sofa recouvert de lin crème.

Tom se tourna vers Jury, attendant qu'il prenne la parole.

— Madame Quinn, nous savons que vous vivez des moments difficiles. Néanmoins, nous devons vous interroger au sujet de votre fille. Voyez-vous, nous avons au moins un autre meurtre qui pourrait être lié à celui de Moira.

— Celui de l'infirmière française ? Elle travaillait à Summerplace à la même époque que Moira. Elle avait un drôle de prénom. Je ne sais pas grand-chose d'elle, mais…

— Non, non, la coupa Jury. C'est votre fille qui nous intéresse.

— Mon pauvre bébé, soupira Betsy Quinn. Qui a bien pu faire ça ?

— Justement, nous espérions que vous nous aideriez à trouver le coupable. Quelqu'un avait-il déjà menacé Moira ? Un homme, peut-être ?

Betsy Quinn regarda les deux visiteurs d'un air surpris.

— Vous croyez qu'on l'a tuée volontairement ? Oh non ! C'est sûrement une erreur.

Jury jeta un coup d'œil à Tom, qui répéta :

— Une erreur ?

— Je veux dire que c'était sûrement l'autre fille qu'on visait.

— Quelle autre fille ?

— Celle qui faisait habituellement le ménage sacré avec Moira. Gladys quelque chose. Les dames ont dit qu'elles l'avaient vue hier soir.

— Les « dames » ?

— Les tapissières. Vous savez ? Celles qui confectionnent les médaillons.

Le ménage sacré. Les médaillons. Le spirituel envahissait de plus en plus le champ du profane. Ou du moins, la métaphore prenait le pas sur la réalité. Jury songea brusquement à la femme mince qui tricote de la laine noire, assise sur une chaise paillée, au début d'*Au cœur des ténèbres*, de Joseph Conrad.

Tom Brownell demanda d'un ton posé :

— Excusez ma brutalité, mais êtes-vous en train d'insinuer que le tireur visait cette autre femme et qu'il a tué Moira par erreur ?

Betsy Quinn hocha tristement la tête.

— Pour quelle raison quelqu'un aurait-il voulu éliminer cette Gladys ? insista Tom.

— Ça, je n'en ai pas la moindre idée. Pas plus que je ne saurais vous dire pourquoi on aurait pu en vouloir à ma Moira.

— Madame Quinn, reprit Jury, c'est grâce à vous que Moira est entrée au service des Summerston, pas vrai ? Et vous saviez qu'ils recherchaient… quelqu'un pour veiller sur sir Gerald ?

Ça sonnait mieux qu'« une autre domestique ».

Betsy acquiesça en pressant un mouchoir roulé en boule sur sa bouche.

— Pardonnez-moi si je m'éloigne du sujet, mais j'aimerais que vous nous disiez tout ce que vous vous rappelez à propos des autres membres du personnel et de leurs relations avec vos employeurs.

Craignant de s'être mal fait comprendre, Jury se tourna vers Tom, qui vint à son secours.

— Le commissaire voudrait savoir s'ils s'entendaient aussi bien que vous avec lady Summerston, expliqua-t-il. Celle-ci ne tarit pas d'éloges sur vous. Elle affirme qu'aucune des cuisinières qu'elle a engagées depuis votre départ ne vous arrive à la cheville.

Betsy Quinn laissa tomber le mouchoir sur ses genoux et parvint à ébaucher un sourire.

— C'est vrai, murmura-t-elle. Milady appréciait ma cuisine. C'était quoi, votre question ?

— Comment lady Summerston considérait-elle ses autres employés ? Avait-elle des problèmes avec certains ? S'est-il produit quoi que ce soit d'anormal dans la maison ?

Betty plissa le front et garda le silence.

— Nous sommes désolés de vous avoir dérangée, ajouta Tom en se levant. Nous repasserons plus tard.

Mais Betsy, que cet interrogatoire avait momentanément distraite de son chagrin, désirait prolonger la diversion. En outre, la dernière partie de la question de Tom – « quoi que ce soit d'anormal dans la maison » – l'avait intriguée. Enfin, elle ressentait furieusement le besoin d'un peu de compagnie, fût-ce celle de deux policiers.

— Non, non, ça ira. Rasseyez-vous, je vous en prie. Vous disiez… ?

— Compte tenu de votre position chez les Summerston, vous étiez la mieux placée pour entendre des rumeurs ou des ragots.

— Oh non ! protesta Betsy. Jamais je ne pourrais…

— Je vous promets que rien de ce que vous nous confierez ne sortira d'ici, lui assura Tom.

— Je me rappelle qu'il y a eu des problèmes avec une des femmes de chambre, Anna, avoua enfin Betsy.

— Quel genre de problèmes ?

— Sir Gerald.

La franchise de cette réponse étonna Jury.

— Que s'est-il passé, au juste ? s'enquit Tom. Cette jeune femme s'intéressait un peu trop à Gerald Summerston ?

— C'était plutôt l'inverse.

— Elle a été renvoyée ?

— Elle a démissionné, sans doute à cause de ça. Vous trouvez juste que des domestiques paient pour les actions des prétendues classes supérieures ?

— Certainement pas, madame Quinn. C'est donc votre fille qui a remplacé cette Anna ?

— Pas elle, non. La suivante.

— La suivante ?

— Edith. Elle est partie pour raisons personnelles, et Moira a pris sa place.

— Et votre fille ? demanda Tom en se penchant vers Betsy. Est-ce qu'elle… ?

— Vous voulez savoir si elle a eu des ennuis avec sir Gerald ? Moira était maligne ! Mais un beau jour, elle a décidé de s'en aller, ajouta Betsy d'un air songeur. Puis elle a été malade. Une fois guérie, elle est entrée chez Debenhams.

Jury se réjouit intérieurement que sir Gerald Summerston se soit fait damer le pion par un grand magasin. Toutefois, il craignait que ce ne soit pas tout à fait exact. Tom semblait partager ses doutes, car, une fois dehors, il déclara :

— J'ai du mal à croire qu'un chaud lapin comme Gerald Summerston n'ait pas tenté sa chance auprès d'une aussi jolie fille que Moira Quinn.

— Je suis de votre avis, acquiesça Jury. Avez-vous vu son dossier médical ?

— Je ne sais même pas si la police a déjà mis la main dessus. Pourquoi ?

— Sa mère dit que Moira a été malade après son départ de Summerplace. Je vous parie qu'elle n'avait pas la grippe.

18

Sur le trajet de retour, les deux hommes firent halte sur une aire d'autoroute. Ils achetèrent une soupe et une salade à la cafétéria, puis ils s'attablèrent dans un box.

Pendant leur repas, Jury évoqua les soins que Sydney avait prodigués à Chagriné.

— Votre petite-fille a un don. Elle entretient avec les chevaux une relation presque… mystique. Je ne sais pas pourquoi j'ai employé ce terme.

— Parce que vous êtes trop poli pour la traiter d'« obsédée ». En tout cas, elle semble apprécier votre ami, l'ex-lord. Il s'y connaît en chevaux, non ?

— Pas du tout. Mais vous m'aviez dit que c'était indispensable pour gagner la confiance de Sydney, alors je lui ai demandé de bûcher le sujet. Apparemment, il en a appris suffisamment pour donner le change.

Tom rit et plongea sa cuillère dans son bol.

— Trop acide ! pesta-t-il. À croire que plus personne ne connaît la recette du potage à la tomate.

Jury le regarda reposer la cuillère sur son assiette. Quelque chose le poussait à penser que Tom Brownell analysait tout ce qui se présentait à lui.

— Ça vous dérange si je fume ? demanda Tom.

— Pas du tout ! mentit Jury. Vous semblez croire que Sydney sait quelque chose, mais à propos de quoi ?

Tom alluma sa cigarette et se détourna pour souffler la fumée.

— À propos de la mort de Daisy, peut-être, répondit-il. Malheureusement, elle refuse de se confier à moi. Sans doute parce que je ne connais rien aux chevaux.

Jury réfléchit quelques secondes, puis il reprit :

— Je connais quelqu'un qui pourrait nous aider.

— Propriétaire d'écurie ? Éleveur ?

— Investisseur.

— S'il y a bien une chose qui indiffère Sydney, c'est l'argent.

— Je m'en doute. Mais ce type est le beau-fils d'un patron de haras. C'est un vrai puits de science concernant les chevaux. Les chevaux, et les gens.

— Dans ce cas, il devrait s'entendre avec ma petite-fille.

— Je pense pouvoir le convaincre de faire un saut à Ardry End.

La longue allée sinueuse menant à Heron House décrivait une courbe devant l'écurie. La lumière dorée à l'intérieur de celle-ci projetait une ombre humaine sur le seuil.

— Sans doute John Ridgely, supposa Tom. Le maître d'écurie, ou plutôt, l'homme à tout faire. Ralentissez, Richard.

Jury arrêta la voiture, et Tom abaissa sa vitre.

— C'est vous, Ridge ? appela-t-il. Bon Dieu, vous savez l'heure qu'il est ? Qu'est-ce que vous fabriquez encore debout ?

— Je vérifiais un truc. J'arrivais pas à dormir.

— Où est Sydney ?

— Elle est passée il y a quelques minutes, puis elle est rentrée. En voyant mon camion, elle a cru qu'il était arrivé quelque chose à l'un des chevaux.

— Ils vont tous bien ?

— Affirmatif !

Après avoir souhaité une bonne nuit à Ridgely, Tom releva sa vitre et ils recommencèrent à rouler.

— Je n'aime pas beaucoup qu'il rôde autour de la maison à n'importe quelle heure du jour et de la nuit, marmonna Tom.

— Ça a quelque chose à voir avec Sydney ?

— Si vous voulez mon avis, ça a tout à voir avec Sydney.

Jury n'insista pas. Deux minutes plus tard, il gara la voiture devant la porte principale de Heron House, une merveille faite d'un bois rouge, le padouk, rarement utilisé en menuiserie. Jury tenait ses connaissances de Barbara Porter, une botaniste renommée à qui il avait un jour confié l'examen d'un cadre.

— Quelle magnifique demeure ! s'exclama-t-il.

— Vous trouvez ? Moi, je la déteste. Tout dans l'apparence, mais aucune substance.

Jury n'avait jamais considéré l'aspect « substantiel » des maisons, mais pourquoi pas ? Beaucoup de gens puisaient leur substance dans le lieu où ils vivaient.

Une petite femme à l'air triste leur ouvrit. Elle se tenait sur le seuil telle une feuille morte que le vent aurait déposée là.

Jury se demanda d'où lui venait cette image. Puis il revit la cathédrale d'Exeter, entourée d'arbres qui se balançaient dans la bise glacée.

— Pardon de vous avoir dérangée, Sadie, s'excusa Tom. J'ai oublié mes clés.

— Oh ! Ce n'est pas grave, monsieur. Je me préparais un chocolat chaud. En voulez-vous ? À moins que vous ne préfériez du thé ?

— Non merci, Sadie. Nous allons dans le bureau. Ne vous préoccupez pas de nous.

L'expression de Sadie disait clairement qu'elle continuerait à se préoccuper de tout et de tous, en particulier de Tom Brownell. Toutefois, elle s'éloigna, comme poussée par un courant d'air.

Les deux hommes pénétrèrent dans une pièce aux murs bleu pâle, agréablement chauffée par un feu de cheminée. Jury prit place dans un fauteuil en cuir moelleux tandis que son hôte remplissait deux verres de whisky.

— J'ai cru comprendre que Daisy avait succombé à une intoxication médicamenteuse, dit Jury.

— En effet, acquiesça Tom. Elle a pris trop d'antalgiques. Je ne savais même pas qu'elle en détenait.

— Des comprimés ? Il faut en avaler une sacrée quantité pour atteindre une dose mortelle. Un accident paraît douteux.

— On a également trouvé des traces d'antidépresseur dans son organisme.

— Pourquoi était-elle déprimée ?

— À cause de son couple, je suppose. Dan Cooke faisait un piètre mari. Avait-il seulement conscience d'avoir épousé ma fille ? acheva Tom avec un rire amer.

— Était-il présent quand elle… ?

— Non. Il passait presque tous ses week-ends en ville, et le pilote du bateau assurant la liaison entre Sainte-Marie et Bryher a affirmé qu'il ne l'avait pas transporté ce jour-là. Vous ne croyez quand même pas qu'il l'a tuée ?

— Lui, non. Mais quelqu'un d'autre ?

Tom s'approcha de la cheminée et déplaça une bûche avec le tisonnier.

— Un meurtre ? murmura-t-il. C'est absurde !

— Pas plus que la thèse du suicide. Telle qu'on me l'a décrite, Daisy n'était pas du genre à baisser les bras. Elle était née pour résoudre les problèmes. Comme vous.

Tom se rassit et prit son verre.

— Ce problème-là, je n'ai pas su lui trouver sa solution, dit-il. Je me suis souvent demandé si… s'il y avait quelqu'un d'autre dans sa vie.

— Un homme ?

— Ce soupçon ne repose sur rien de précis, hormis…

— Oui ?

Tom marqua une pause avant de répondre.

— Une nuit, il y a des années de ça, Daisy m'a téléphoné de Bryher, pour me dire qu'elle devait se rendre à Londres de toute urgence. Je me suis débrouillé pour lui trouver un avion et un pilote malgré l'heure tardive. Elle ne m'a donné aucun détail, mais j'ai supposé que quelqu'un l'avait appelée à l'aide. Ma fille était prête à tout pour secourir les autres. Comme vous l'avez dit, elle était née pour résoudre les problèmes.

— Un ange gardien, acquiesça Jury.

Il repensa brusquement à sa conversation avec Matthew Bewley. Depuis, il n'avait cessé de s'interroger au sujet de l'homme mystérieux qui donnait l'impression d'être tombé « par hasard » sur Flora Flood au restaurant du Hell Bay.

— Quel est l'aspect de ce boulot qui vous manque le plus ? s'enquit-il.

Car il était évident à ses yeux que Tom regrettait de ne plus exercer son métier.

Son hôte sourit et vida son verre d'un trait.

— Les applaudissements.

Jury crut qu'il avait mal entendu, mais Tom enchaîna :

— Les éloges, les remerciements, les interviews, voir ma photo dans le journal, le respect des flics de base, les acclamations du public à la fin de mes conférences…

— Allons donc ! protesta Jury, stupéfait. Pas vous, Tom !

— Parce que vous croyez toutes les bêtises qu'on a publiées sur mon compte ? Ma modestie, mon humilité, mon horreur de toute publicité… Navré de vous décevoir. Je crois que Daisy était la seule à avoir compris. Quand je rechignais à faire la promotion de mon livre, ou que je prétendais vouloir fuir les marques d'admiration, elle me disait : « À d'autres, papa ! Je sais que tu adores ce cirque. »

Jury but une gorgée de whisky et se carra dans son fauteuil.

— Je suis persuadé que c'est faux, déclara-t-il.

— Pardon ? fit Tom, abasourdi.

— Pour une raison qui m'échappe, vous avez cherché à vous convaincre que vous étiez à ce point superficiel. Mais je vous ai vu avec les gens. Vous leur accordez toute votre attention, jusqu'à vous confondre presque avec eux. Rien à voir avec l'imbécile égocentrique que vous décrivez.

— Vous m'avez demandé ce qui me manquait dans ce boulot, et je vous ai répondu, reprit Tom d'un ton cependant moins affirmé.

— Vous éprouvez surtout un terrible sentiment de perte. C'est plus facile pour vous d'évoquer votre ancienne gloire, vos succès passés. Mais vous avez perdu beaucoup plus que ça. Votre plus grande gloire, c'était Daisy.

Le regard de Tom se perdit dans la contemplation du feu. Dans la clarté dansante des flammes, son visage ressemblait à un masque de glace sillonné de fêlures.

— Et vous l'avez perdue à jamais, ajouta Jury. Tom, je suis désolé.

Deuxième partie

LES ANGES GARDIENS

19

Le lendemain matin, Jury quitta la North Circular Road à Golders Green. Après avoir roulé sur une courte distance à travers un dédale d'entrepôts, il repéra une enseigne annonçant le GARAGE CRENSHAW, et, juste au-dessous, ALEX CRENSHAW, PROP.

Cette concision, cette précision, cette absence d'afféterie en disaient long sur le caractère dudit Alex Crenshaw. Jury le trouva sympathique avant même de l'avoir rencontré.

Cette bonne impression se renforça quand il descendit de sa Cortina de fonction. À en juger par l'état de la Porsche près de laquelle il s'était garé, il avait frappé à la bonne porte. Sa carrosserie noire et lustrée, sans aucune bosse ni trace de rouille, donnait l'illusion du neuf. Seul le prix sur la pancarte discrètement glissée sous un essuie-glace signalait qu'il s'agissait d'une occasion. Néanmoins, Jury n'aurait pas eu les moyens de se l'offrir, pas plus qu'aucune de la douzaine d'autres voitures européennes tout aussi rutilantes qui l'entouraient. Mais ce qui acheva de le séduire, ce fut le garage lui-même. Sur la gauche du bâtiment, une minuscule pièce éclairée tenait lieu de bureau. Le reste était divisé en deux parties, repérées par des panneaux indiquant respectivement SOINS INTENSIFS et CENTRE DE CONVALESCENCE.

Jury sourit : Alex Crenshaw ne considérait pas les automobiles comme des objets tout juste bons à être remorqués et frappés à coups de marteau, mais comme des créatures sensibles.

Celles exposées dans la cour étaient visiblement guéries après un passage entre ses mains. Jury examinait un magnifique cabriolet BMW rouge quand une voix mélodieuse, teintée de l'accent du Nord londonien, retentit derrière lui.

— Un bijou, cette voiture. Son moteur ronronne comme un chat. Elle vous plaît ?

En se retournant, Jury se trouva face à un homme d'une quarantaine d'années, au physique agréable et à l'expression amicale.

— Si elle vous intéresse, ajouta Alex Crenshaw, je peux vous faire un prix.

— Même avec un rabais, mon compte en banque n'y survivrait pas. Mais croyez-moi, si j'étais plus riche, je ferais affaire avec vous. Et je vais vous recommander à deux personnes qui, elles, ont les moyens. Non, trois, même si l'une d'elles est probablement trop flemmarde pour faire la route depuis le Northamptonshire.

— Ça se comprend ! s'esclaffa le garagiste.

— Vraiment, vous m'impressionnez, reprit Jury en promenant un regard admiratif autour de lui.

— Merci. Mais qui ai-je l'honneur d'impressionner ?

Jury sortit sa carte.

— New Scotland Yard ? Qu'est-ce que tu as encore fabriqué ? demanda Crenshaw au cabriolet BMW.

— Rien de répréhensible.

— Ouf ! soupira le garagiste. J'ai juste fini de remettre ce petit gars en état. Si ce n'est pas lui, alors qu'est-ce que j'ai fait ?

— Rien non plus. Je voudrais juste vous poser quelques questions.

— Allons dans mon bureau.

Celui-ci était meublé de quelques chaises encombrées de dossiers et de liasses de papier, d'une grande table et d'une demi-douzaine de classeurs à tiroirs.

— Vous avez récemment parlé à un de mes collègues, commença Jury. L'inspecteur en chef…

— Brierly. Un policier de Northampton. C'était il y a deux jours.

Jury fut surpris qu'il se rappelât ces détails. Mais étant donné le soin maniaque qu'il apportait à son travail, ça n'avait finalement rien d'étonnant. Brierly avait qualifié le témoignage de Crenshaw d'« assez vague ». Il était plus probable qu'on ne lui avait pas laissé le temps d'aller au bout de ses réponses.

— En effet, acquiesça-t-il. Il y a quelques années, vous avez vendu une voiture à un certain Servino.

— Une Alfa Romeo. Un type très sympa. Accompagné de sa femme.

À la façon dont il avait prononcé ces mots, Jury présuma que cette dernière lui avait paru moins « sympa » que son mari.

— Ils ont eu un accident, reprit-il. Un mois plus tard, vous avez appelé la police à ce sujet. Pour quelle raison ? Et pourquoi avoir tellement attendu ?

— J'étais à l'étranger quand ça s'est produit. À mon retour, je suis tombé sur un article qui rapportait l'accident. Je me suis demandé pourquoi la presse s'intéressait tellement aux Servino. Puis je me suis rappelé qu'ils m'avaient posé des tas de questions avant d'acheter l'Alfa Romeo : comment la voiture résisterait-elle à une collision ? Le fait que le moteur soit à l'arrière aggravait-il le danger pour le conducteur ou le passager ? Quel genre d'ennuis mécaniques risquaient-ils ? Les freins pouvaient-ils lâcher ? « Pas sur cette Alfa-ci, ai-je répondu. Vous ne craignez rien. Bien sûr, si vous prenez une clé et que vous desserrez vous-mêmes les boulons d'une roue, il n'est pas exclu qu'elle se détache si vous rentrez dans une barrière ! »

— Servino a posé d'autres questions ?

— Pas lui, elle. Pendant ce temps, il tournait autour de la voiture en tâtant les pneus du pied. Comme si ça allait lui apprendre quoi que ce soit !

— C'était *elle* qui s'inquiétait des conséquences d'un accident ?

— Ouais. À la réflexion, ça m'a paru bizarre. Vous savez, ajouta Crenshaw après une pause, j'ai failli ne pas la leur vendre.

— L'Alfa Romeo ? Pourquoi ?

— Eh bien, j'avais peur qu'en cas de pépin, ils ne confient ma voiture à un mécano du dimanche au lieu de me la rapporter.

Ma voiture… Jury se leva.

— Alex, c'est toujours un plaisir d'échanger avec un homme qui a des valeurs et qui connaît son métier. S'il vous revient quoi que ce soit, n'hésitez pas à m'appeler, ajouta-t-il en tendant une carte de visite au garagiste. Et je vous envoie des clients, promis.

— À part votre ami trop flemmard, plaisanta Crenshaw.

— C'est *une* amie. Mais même elle devrait se laisser convaincre.

20

Jury hésita longtemps sur le trottoir devant les bureaux de RICE INVESTMENTS. L'image de Vernon Rice agenouillé près du corps de sa nièce, Nell Ryder, le paralysait.

De quel droit allait-il déterrer des souvenirs aussi tragiques afin d'obtenir de Sydney Cooke des renseignements qu'elle ne détenait peut-être pas ? Sa conscience lui soufflait qu'il commettait une erreur.

Il fit taire ses scrupules et poussa la lourde porte vitrée.

La ravissante assistante de Vernon était plongée dans un dossier. Quand Jury lui dit qu'il souhaitait s'entretenir avec son patron, elle sourit et se pencha par-dessus la table pour jeter un coup d'œil dans la pièce voisine. À en juger par la simplicité de l'accueil, on ne pouvait pas deviner que l'entreprise brassait des millions.

— Vous pouvez entrer, monsieur Jury, dit l'assistante. M. Rice est en train de rêvasser.

Debout, le dos à la porte et les mains dans les poches, Vernon Rice scrutait les écrans d'une rangée d'ordinateurs. Jury se douta qu'il ne « rêvassait » pas, toutefois il resta quelques secondes silencieux sur le seuil.

— Vernon ? dit-il enfin. J'aurais besoin de votre aide.

Vernon Rice se retourna vivement, surpris, et un sourire se peignit sur son visage.

— Richard Jury ! Entrez, je vous en prie. Quel que soit votre problème, mon aide vous est acquise.

Jury se détendit et s'assit dans un fauteuil design, à portée de main d'une table basse sur laquelle étaient disposés une cafetière en étain fumante, plusieurs tasses, un sucrier et un pot de crème liquide.

— Vous attendiez quelqu'un ? demanda-t-il.

— Oui, vous. Rosie prévoit toujours des tasses supplémentaires.

— C'est très aimable à elle. Pas de crème, un sucre. Merci.

Vernon servit le café et prit place dans le second fauteuil.

— Que puis-je pour vous ? s'enquit-il.

Jury lui fit le récit des événements survenus depuis sa rencontre avec Tom Brownell, en s'arrêtant à peine pour reprendre sa respiration ou boire une gorgée. Quand il se tut enfin, Vernon en savait autant que lui sur Sydney Cooke.

Son hôte l'avait écouté sans l'interrompre, la nuque appuyée contre son dossier, les mains serrées autour de sa tasse brûlante.

— Désolé, soupira Jury. Je ne sais pas ce que j'espérais en venant vous trouver…

— Au contraire, vous le savez très bien. Vous pensez que cette jeune femme détient la clé d'un mystère, et vous espérez qu'elle me la confiera. Reste à découvrir de quel mystère il s'agit.

— Je ne vous suis plus.

— Vous supposez que Sydney sait quelque chose à propos de la mort de sa mère, mais s'il s'agissait d'autre chose ?

Vernon fit une pause, puis il ajouta d'un ton énigmatique :

— Shergar.

Devant la mine perplexe de Jury, il précisa :

— Un célèbre cheval de course. Il a été enlevé, peut-être par l'IRA, et on ne l'a jamais retrouvé. Quand voulez-vous que j'intervienne ?

— Le plus tôt sera le mieux. Mais vous avez du travail…

— Mon boulot consiste juste à gagner de l'argent. Le vôtre est plus important. Voulez-vous que nous prenions ma voiture ? Elle est probablement plus rapide que la vôtre.

— Même une citrouille roulerait plus vite que la mienne !

21

Il fallut moins de deux heures à la Ferrari de Vernon pour les emmener à Ardry End.

Vernon parlait de Chagriné – « Un cheval merveilleux » – quand il gara la voiture devant le perron. Les deux hommes gravissaient les marches lorsque le cheval en question tourna le coin de la maison, monté par Sydney.

Vernon Rice s'arrêta net à la vue de la jeune femme.

Le cœur serré, Jury crut un instant qu'il allait regagner sa voiture. Mais Vernon n'était pas du genre à fuir. Il détourna le regard juste le temps nécessaire pour maîtriser son émotion.

Celle-ci s'expliquait aisément : Sydney avait la même carnation que Nell Ryder, en moins éthérée, et la même silhouette, en moins frêle. À cheval, l'illusion était presque complète. Contrairement à Nell, Sydney ne semblait pas réellement faire corps avec sa monture, mais sa position en selle était identique à celle de la jeune fille la toute dernière fois que son oncle l'avait vue.

— Vous connaissez la jument appelée Misty Mountain ? lui demanda simplement Vernon.

— Vous voulez dire Misty Morning ?

— Exact !

Jury devina qu'il s'était trompé délibérément, pour donner à Sydney la satisfaction de le reprendre.

— Vous vous rappelez qu'elle était montée par une jockey ?

— Oui.

— Eh bien, ce cheval et vous, vous êtes leur portrait craché.

Sydney mit pied à terre et adressa un grand sourire à Vernon. Jury ne l'avait jamais vue aussi radieuse.

— Elles n'ont pas gagné, fit-elle remarquer.

— Il s'en est fallu de peu. Elles avaient trois foulées de retard sur le vainqueur.

— Quatre.

— Non, trois.

— Je suis sûre de ce que j'avance.

— Moi aussi. Vernon Rice.

La jeune femme sourit de plus belle, visiblement ravie de cette discussion animée.

— Très heureuse de faire votre connaissance, monsieur Rice, dit-elle en tendant la main.

Melrose Plant apparut sur le seuil au milieu de cet échange d'amabilités.

— Vernon Rice ! Comment allez-vous ?

— Bonjour, lord Ardry.

— Pas de ça, je vous en supplie ! Melrose suffit.

— Alors bonjour, Melrose.

— Je vois que vous avez rencontré mon cheval.

— Je le connaissais déjà, mais pas sa cavalière.

— Son infirmière, plutôt. Chagriné a été un peu souffrant. Nous l'avons gardé quelques jours à l'écurie.

— Je me réjouis d'apprendre qu'il en a une. Le jour où vous l'avez emmené, je me suis demandé à quelle sauce vous comptiez le manger.

— Ah ah ! Très drôle. Si ça peut contribuer à vous rassurer, il partage son écurie avec un bouc.

— Un bouc, une écuyère… Quel veinard !

Jury surprit une étincelle amusée dans le regard de Sydney.

Comme ils pénétraient dans la bibliothèque, Ruthven apparut avec une bouteille de whisky dont il tourna l'étiquette vers les visiteurs.

— Un Lagavulin de 16 ans ? s'exclama Vernon Rice. Le bel âge ! J'en veux bien une gorgée.

— Asseyez-vous, proposa Melrose, et gorgez-vous tout votre soûl !

Jury prit place dans son fauteuil habituel. Vernon opta pour le sofa près de la cheminée, et Sydney, sans hésiter une seconde, s'assit près de lui.

Ruthven leur servit à boire, puis il s'adressa au maître de maison :

— Si milord n'y voit pas d'inconvénient, Martha aimerait le consulter au sujet du dîner.

Melrose se leva et suivit le majordome à la cuisine.

Vernon se tourna vers Sydney et demanda :

— Vous vous rappelez son nom ?

— Le nom de qui ? s'enquit la jeune femme, déconcertée.

— La jockey de Misty Morning.

— Oh ! Melissa… Herfeld, je crois.

— La seule jockey professionnelle à ma connaissance. Vous n'aimeriez pas marcher sur ses traces ?

— Moi ? Grand Dieu, non ! Je désapprouve les courses hippiques.

— Pourtant, vous semblez bien renseignée sur le sujet.

— Je trouve ça… inhumain.

— Vous voulez parler de l'entraînement des chevaux ? Tous les sportifs sont tenus à une certaine rigueur, que ce soit au baseball, au football ou au tennis. Ça n'a rien de cruel. Je ne connais aucun entraîneur qui maltraite ses bêtes.

— Vous travaillez dans le secteur des courses ?

Vernon rit.

— Pas du tout ! Je dirige une société d'investissement à la City. Mais mon beau-père possède un haras. J'y passe presque tout mon temps libre. C'est là que M. Plant a trouvé Chagriné.

Melrose était de retour dans la pièce et il tendit une feuille de papier à Jury.

— Macalvie vient d'appeler. Il voulait savoir pourquoi tu n'étais pas à Exeter, au contraire de Tom, semble-t-il.

— Si je l'écoutais, je passerais ma vie à Exeter, répliqua Jury. Je le soupçonne de retenir Tom prisonnier.

— C'est aussi ton affaire, non ?

— Uniquement par hasard.

— De quoi s'agit-il, commissaire ? s'enquit Vernon.

— D'une autre pièce du puzzle, répondit Jury. Désolé de ne pouvoir vous en dire davantage. Pourquoi Macalvie tient-il tant à ce que j'aille là-bas alors que Tom y est déjà ?

Plant haussa les épaules.

— Comment veux-tu que je le sache ?

— Si mon grand-père s'en occupe, l'affaire sera vite résolue !

Melrose et Jury échangèrent un regard. C'était la première fois que Sydney mentionnait Tom devant eux, à plus forte raison pour le complimenter.

— Votre grand-père ? dit Vernon.

— Thomas Brownell, un des meilleurs enquêteurs de la Metropolitan Police, précisa Sydney en observant par la fenêtre M. Blodgett qui raccompagnait Chagriné à son écurie.

— J'ai entendu parler de lui, dit Vernon. C'est *sir* Thomas, non ?

— C'est ça, acquiesça Sydney sans quitter la fenêtre des yeux.

Son ton suggérait qu'il aurait fallu conférer des titres aux chevaux plutôt qu'aux hommes.

— Je ferais bien de rappeler Macalvie, soupira Jury en se levant.

— Ruthven va t'apporter le téléphone, proposa Melrose.

— Non, non. Je vais aller au salon.

Macalvie décrocha à la première sonnerie.

— C'est moi, Jury. Qu'est-ce qu'il se passe ?

— Tu le saurais si tu étais là.

— Eh bien, je n'y suis pas, d'où ma question.

— Moira Quinn. À Londres, elle travaillait avec une agence qui…

Macalvie posa l'appareil contre sa poitrine pour répondre à un membre de son équipe.

— Bon sang, non ! dit-il d'un ton exaspéré. Où est encore passée Gilly Thwaite ? Dites-lui de venir tout de suite !

Puis il reprit sa conversation avec Jury :

— L'agence Malraux, spécialisée dans le personnel de maison haut de gamme, surtout d'origine française : gouvernantes, chambrières, cuisinières, femmes de ménage… Un vestige d'une époque où le travail domestique était un art.

— Il ne l'a jamais été pour moi.

— Où l'on trouvait encore des employés dignes de ce nom, alors.

— Je ne peux pas comparer : je n'ai jamais connu que ceux de Melrose Plant.

— Le bon vieux temps, quoi !

— Qu'est-ce que tu en sais ? Tu as toujours vécu en appartement, comme moi.

— Épargne-moi le couplet sur la lutte des classes.

— C'est toi qui as commencé. Parle-moi un peu de cette agence.

— Manon Vinet travaillait aussi pour elle. C'est comme ça que Moira et elle se sont retrouvées toutes les deux à Summerplace.

— Et l'oncle de Flora, dans tout ça ? Sa nièce risque de gros ennuis, mais il ne donne pas l'impression de s'en soucier beaucoup.

Comme Macalvie ne réagissait pas, Jury demanda :

— Tu comptes sur moi pour lui parler, c'est ça ?

— À lui, et à lady Summerston. C'est le minimum.

— Tu veux dire que la liste n'est pas close, ou que c'est le minimum que je puisse faire pour toi ?

— Je te laisse méditer là-dessus. Salut !

— Pas si vite ! Daisy Brownell… D'après ce que j'ai entendu dire, elle n'avait pas de tendances suicidaires.

Macalvie resta silencieux quelques secondes, puis il dit :

— Je vais te raconter un truc. J'avais une amie sur l'île de Sainte-Marie. Elle est morte d'un cancer foudroyant à 42 ans. Sa fille de 20 ans était plongée dans le coma à la suite d'un accident de voiture. Mon amie, Annie, allait la voir chaque jour – oui, chaque jour – à l'hôpital de Penzance. Elle lui parlait, lui faisait la lecture, comme ça pendant dix mois. Puis elle est morte – Annie. De son cancer. Quelques semaines plus tôt, j'avais parlé d'elle à Daisy Brownell, qui avait trouvé son histoire terriblement triste. « Pourrais-je lui rendre visite ? m'avait-elle demandé. À moins qu'elle ne soit trop malade pour me recevoir. » Sa question m'avait étonné : après tout, Annie n'était rien pour elle. « J'ai une proposition à lui faire », m'avait-elle expliqué. Daisy pensait qu'Annie était angoissée par l'approche de sa propre fin, mais aussi par la crainte d'abandonner sa fille. Alors elle lui a dit de ne pas s'inquiéter, qu'elle s'occuperait de la petite à sa place. Annie m'a confié qu'elle n'aurait jamais imaginé qu'une inconnue soit capable d'une telle générosité à son égard. Les médecins lui avaient affirmé que sa fille était plongée dans un coma si profond qu'elle ne ressentait même pas sa présence. Daisy lui avait dit de ne pas les croire : s'il restait une étincelle de conscience chez sa gosse, elle ferait tout son possible pour l'atteindre. Aussi, pendant trois mois, jusqu'à la mort de la pauvre gamine, Daisy a pris chaque jour l'avion ou le ferry pour se rendre à son chevet. Stupéfiant, non ? Et on voudrait nous faire croire que cette femme s'est suicidée ?

— En effet, ça paraît inconcevable.

— Après la mort de Daisy, je ne suis pas allé travailler pendant trois jours. Je ne m'en sentais pas la force.

Cet aveu en disait long.

— Si Daisy Brownell vous porte dans son cœur, vous n'avez besoin de rien ni de personne d'autre. Elle fera l'impossible pour vous.

Jury remarqua qu'il avait parlé au présent.

22

La pièce, comme le reste de la maison, était exiguë et parfaitement organisée, avec de part et d'autre de la cheminée électrique deux fauteuils séparés par une table basse sur laquelle s'entassaient des magazines. Jury se pencha pour déchiffrer l'étiquette de la boîte de chocolats qui trônait sur le dessus de la pile : Rive Gauche.

— Je crains que Flora n'attribue mon absence à ses côtés à de l'indifférence, soupira Frank Flood.

Jury attendit en vain qu'il lui en dévoile la véritable raison.

— Ce n'est pas à moi d'en juger, monsieur Flood, dit-il. Mais je serais curieux de savoir comment elle peut s'offrir les services du meilleur cabinet d'avocats de Londres.

— Oh ! C'est certainement Eleanor qui les paie. Gerald et elle ont toujours considéré Flora comme leur fille. Je suppose que c'est pour ça que je n'ai jamais été très présent moi-même…

— Au début, la police ne trouvait pas de mobile. Puis elle a appris que le mari de Flora tenait le volant lors de l'accident qui l'a laissée handicapée.

— Ce n'était pas un accident.

— C'est aussi l'avis de l'inspecteur en chef Brierly. Mais pourquoi aurait-il tenté de la tuer ? Surtout en risquant lui-même sa vie ?

— Elle devait savoir quelque chose sur lui ou sur son employeur.

— Tony Servino paraissait capable de se tirer de n'importe quelle situation sans provoquer pour cela un accident de voiture.

— Peut-être n'est-ce pas aussi simple. Imaginez que Flora ait détenu une information sans le savoir ? Une chose qui aurait pu éclater au grand jour plus tard ?

Jury sourit.

— Monsieur Flood, vous oubliez l'explication la plus évidente : un accident authentique. Vous ramenez tout à Servino…

— Il est bien question de lui, non ?

— Pas tout à fait. La question est : Flora avait-elle un mobile sérieux pour abattre son mari ? Rappelez-vous : c'est elle qui tenait le pistolet, pas lui.

— S'il vous faut absolument un mobile, en voici un : il était violent avec elle.

— Il a vraiment dû la pousser à bout pour qu'elle en vienne à le tuer ! Mais permettez-moi d'en douter.

— Que voulez-vous dire ?

— Il me semble que Servino se servait plus de son cerveau que de ses poings. Combien de fois l'avez-vous vu s'en prendre physiquement à Flora ?

Frank Flood réfléchit un bon moment sans trouver le moindre exemple.

— Vous savez comment sont les alcooliques, dit-il en faisant tourner son verre entre ses mains.

Comme il en était à son troisième whisky, Jury soupçonna qu'il savait de quoi il parlait.

— En fait, non, répondit-il. C'est un phénomène complexe.

— Je voulais dire, en général.

— Précisément : il n'existe pas de « généralités » concernant la dépendance, même si les Alcooliques anonymes en énoncent un certain nombre. Sinon, personne n'irait à leurs réunions.

— Pourquoi le défendez-vous ?

— Parce que j'aimerais savoir pourquoi vous, vous l'accusez.

— Il n'y a pas que moi ! se défendit Frank. Eleanor Summerston aussi.

Jury se retint de rire : *Toi, elle, et la moitié de Londres*.

— Gerald Summerston, en revanche, semblait l'apprécier, reprit-il.

— Oh ! lui, lâcha Flood du bout des lèvres.

— Son avis ne compte pas ?

— Gerald Summerston appréciait les types qui brisent tout ce qu'ils touchent.

— Une métaphore, sans doute. Tel que le dépeint sa femme, il n'avait rien d'un iconoclaste.

— Mais le connaissait-elle vraiment ?

La question semblait purement rhétorique, car Flood enchaîna sans attendre la réponse de Jury :

— En tout cas, elle donnait l'impression d'ignorer son penchant pour les femmes.

— Tout le monde était au courant ?

— Quand même pas. Mais de vous à moi, il était accro au sexe comme moi au chocolat !

Jury souleva légèrement la boîte posée sur les magazines.

— Ah oui ! Ceux-ci proviennent de chez Manon. Comme vous vous en doutez, c'étaient moins les chocolats qui intéressaient Gerald que la chocolatière…

— Manon ? fit Jury, surpris. La femme dont on a trouvé le corps sur la plage, à Bryher ?

— Cette Manon-là, oui. Elle possédait une boutique à Paris. Depuis que j'ai appris sa mort, je me demande pourquoi elle était revenue en Grande-Bretagne.

— Vous la connaissiez bien, monsieur Flood ?

— Seulement à travers le peu que Gerald m'en a dit. Mais à l'évidence, il était fou d'elle.

— Assez pour envisager de quitter sa femme ?

— Oh oui ! Mais je ne crois pas qu'il l'aurait fait. Pas à moins d'y être forcé.

Devant l'air interrogateur de Jury, Flood précisa avec un sourire entendu :

— Gerald voulait le beurre et l'argent du beurre… Ou plutôt, celui de sa femme.

— Mais il avait déjà les deux, non ?

— C'est bien ce que je dis !

Sur cette réponse ambiguë, Jury se retira.

23

Frank Flood avait-il informé la police de ses soupçons quant à une liaison entre Manon Vinet et Gerald Summerston ?

« Ma foi, non, avait-il avoué à Jury. Ça ne m'est pas venu à l'esprit. »

Jury remonta dans sa voiture et se dirigea vers Belgravia, plongé dans ses réflexions.

Qu'est-ce qui avait pu motiver le retour de Manon Vinet en Grande-Bretagne, en particulier sur l'île de Bryher ?

Cette question lui trottait toujours dans la tête quand Crick l'introduisit dans un salon surchargé : trop de soie et de voilages aériens aux fenêtres, trop de coussins à fanfreluches sur les ottomanes, trop de tout, en fait, jusqu'à l'entrée de lady Summerston, sobrement vêtue de lin vert sapin et de lainage fin. Un modèle d'élégance dépouillée.

En parfaite hôtesse, elle servit une tasse de thé à Jury avant de lancer la conversation sur son défunt mari. Cela faisait à présent dix minutes qu'elle évoquait sa gratitude éternelle envers les hommes qui avaient servi sous ses ordres en Corée, l'héroïsme dont il avait fait preuve en sauvant certains (« Vous savez qu'il a été décoré pour conduite distinguée ? »), l'aide qu'il avait apportée aux enfants d'un couple d'employés pour leur permettre d'entrer respectivement à Oxford et à Cambridge, sa contribution à la création d'un hospice…

Jury dressa l'oreille : ça, c'était nouveau !

— Un hospice ?

— La fondation Summerston. Gerald était la bonté même. Les services sociaux avaient découvert plusieurs enfants abandonnés par leurs parents, à Bayswater. Les malheureux étaient dans un état pitoyable.

Eleanor Summerston porta une main à son front, comme si elle méditait sur le triste sort des orphelins, avant d'ajouter :

— Gerald a racheté la maison et engagé du personnel qualifié – médecins, infirmières, etc. – pour s'occuper d'eux. L'établissement existe toujours. C'est un de ses cousins qui le dirige à présent.

— À Bayswater, c'est ça ?

— Oui. Sur Bayswater Road.

Jury nota cette indication dans son calepin.

— Lady Summerston, reprit-il, je me demandais quelles relations votre mari entretenait avec celui de Flora.

Eleanor parut décontenancée, ou affecta de l'être.

— Frank Flood m'a laissé entendre que, contrairement à vous, sir Gerald appréciait Tony Servino.

— J'ignore à quoi il fait allusion. Bien sûr, Flora et son mari venaient parfois dîner à la maison…

Jury repéra alors sur la table basse, à côté du service à thé rococo, une boîte de chocolats identique à celle qu'il avait vue chez Flood.

— Apparemment, Frank et vous aimez les mêmes chocolats, glissa-t-il.

— Oh ! Ceux-là ? C'était un des rares plaisirs que s'accordait mon défunt mari. Il avait découvert cette marque lors d'un séjour à Paris. Il avait souscrit un abonnement auprès du fabricant. De temps en temps, j'en reçois une boîte. En général, je l'offre à Frank.

— Ils viennent de Paris, dites-vous ? J'y pense : pendant la maladie de sir Gerald, vous avez fait appel à l'agence Malraux. Celle-ci fournit principalement du personnel d'origine française, ou à tout le moins des employés très expérimentés, avec d'excellentes références. C'est le moins qu'elle puisse faire, compte tenu de ses tarifs.

— Vous êtes bien renseigné, observa lady Summerston avec un sourire crispé.

— C'est mon métier de l'être.

— Commissaire, c'était juste une infirmière !

— Qui vient d'être assassinée.

Elle émit un son qui aurait pu passer pour un rire bref.

— Pardon ! À présent, je suppose que vous allez m'interroger à son sujet.

— En effet. D'abord, pourquoi ce choix d'une agence de placement proposant presque exclusivement du personnel français ?

— Voyez-vous, mon mari a été blessé à la guerre et, pour une raison qui m'échappe, on l'a rapatrié et hospitalisé à Paris. Il faut croire qu'il en avait gardé un bon souvenir. J'imagine que les infirmières se battaient pour veiller sur lui, ajouta Eleanor avec un pétillement dans le regard et dans la voix. Gerald était très séduisant. Pour ne rien vous cacher, j'ai dû congédier deux domestiques qui manifestaient un peu trop d'intérêt pour lui.

— Les avait-il encouragées ?

Jury s'attendait à des dénégations indignées. Aussi la réaction d'Eleanor le surprit-elle :

— Eh bien, Gerald adorait les femmes. Il ne pouvait s'empêcher de flirter. Comme tous les hommes, au fond.

Pas tous les hommes, non. La plupart s'abstenaient de faire le joli cœur avec leurs bonnes, au fond.

— Pour répondre à votre question à propos de l'agence, Gerald s'était lié à Paris avec une infirmière qu'il trouvait extrêmement compétente.

— C'est-à-dire ?

— Attentive, mais pas étouffante. Intelligente, sans en faire étalage. Élégante, même en uniforme – une qualité que Gerald appréciait tout particulièrement chez les femmes, précisa lady Eleanor en se redressant. Il lui avait demandé si son attitude provenait de sa formation – le fait de ne pas regonfler les oreillers à chacune de ses visites, par exemple. Elle lui avait affirmé que oui. Aussi, quand il a fallu engager une infirmière à domicile, il a souhaité faire appel à Malraux.

Une explication cousue de fil blanc. Mais pourquoi inventer une histoire aussi alambiquée pour justifier le choix d'une agence de placement ?

Jury ramena la conversation sur ses rails :

— Gerald faisait-il des affaires avec Tony Servino ?

— Pourquoi tenez-vous tellement à trouver un lien entre mon mari et celui de Flora ?

— Ce lien existait, lady Summerston. La preuve : Servino rendait parfois visite à Gerald.

— Je l'ignorais.

Elle mentait, cela se voyait à la façon dont elle avait porté sa tasse à ses lèvres pour la vider d'un trait. Cette brusquerie n'était pas dans ses habitudes.

— Mon mari menait une vie irréprochable ! Il était la bonté même, insista-t-elle.

Le regretté Gerald avait peut-être un cœur d'or, mais une existence exemplaire ne nécessitait pas un plaidoyer aussi passionné.

— Cette infirmière parisienne, reprit Jury. Jusqu'à quel point votre mari la connaissait-il ?

— Comment cela ?

Le regard d'Eleanor dévia vers la théière en argent, comme si elle prenait subitement conscience de sa présence. Jury en conclut qu'elle avait très bien compris.

— À vous entendre, elle avait produit une forte impression sur lui, développa-t-il. L'a-t-il revue par la suite ?

— Je ne crois pas, non. Sinon, il m'en aurait parlé.

Elle semblait déjà avoir oublié la théière.

Jury tenta une autre approche :

— Elle aurait pu tenter de le contacter après sa sortie de l'hôpital. Vous racontiez que ses collègues et elle se battaient pour être à son chevet.

— C'est possible, lui concéda lady Eleanor. Mais encore une fois, il me l'aurait dit.

— Si Gerald vous signalait toutes ses conquêtes, celles-ci devaient remplir vos conversations, ajouta Jury avec un sourire engageant.

— En effet ! gloussa-t-elle.

— Pour en revenir à votre nièce…

La manœuvre était grossière – ils n'avaient pas encore abordé le sujet –, mais elle parut soulagée de cette diversion.

— Ah oui ! Cette pauvre Flora. Une chose est sûre, ce n'est pas elle qui l'a tué.

— J'aimerais partager votre certitude, mais comme je l'ai déjà dit, c'est difficile à croire.

— Tony Servino n'était pas quelqu'un de bien.

— Pourtant, votre mari semblait apprécier sa compagnie.

Elle hocha et secoua la tête en même temps, répugnant à admettre la réalité.

— Il l'invitait parfois, c'est vrai. Après tout, c'était le mari de notre nièce ! À une ou deux reprises, il est venu accompagné d'un ami.

— Un ami ?

— Gerald le trouvait divertissant.

Jury n'eut pas besoin d'insister.

— Comment s'appelait-il, déjà ? enchaîna Eleanor en se frappant le front, comme si sa mémoire avait besoin d'une bonne correction. Un petit homme débraillé… Italien, lui aussi.

— « Lui aussi » ? Si vous faites allusion à Tony Servino, il était anglais.

— Pas complètement, commissaire. Cet ami se prénommait… Vincent ! Mais on l'appelait « Vince ». Et son nom… Morini ? Non, Mori ! Vincent Mori. J'ignore pourquoi, Gerald avait de la sympathie pour lui. Mon mari était très égalitaire.

Un ajout de plus à la légende dorée de saint Gerald !

— Ce Vincent Mori, savez-vous où il vit ?

— Je me rappelle l'avoir entendu mentionner Limehouse. Je n'en sais pas davantage.

— Vous ne l'aimiez vraiment pas, hein ?

— Qui donc, ce Mori ? En effet.

— Tony Servino.

— Cette crapule ? Il trompait tout le monde : ses associés, sa femme… Et il maltraitait Flora, à la fois physiquement et verbalement. Elle valait tellement mieux !

— Sur quoi fondez-vous la valeur de votre nièce ?

Eleanor fronça les sourcils.

— Que voulez-vous dire ?

— Qu'a donc fait Flora pour que vous la jugiez supérieure à son ex-mari ?

— Pour commencer, elle est la fille d'un avocat réputé. Le père de Tony, lui, possédait un fish and chips.

— Ça ferait de lui le héros de mon sergent.

— Je vous demande pardon ?

— Désolé. Quelles sont les autres qualités de Flora ?

— Elle a fait de brillantes études à Oxford.

— Alors que son mari manquait d'éducation ?

Eleanor poussa un soupir agacé.

— Commissaire, je vous répète que Tony Servino brutalisait ma nièce. Elle était sa victime !

— Dans l'affaire qui nous préoccupe, la victime, c'est lui.

Jury but une dernière gorgée de thé refroidi et se leva.

— Merci de m'avoir accordé un peu de votre temps, lady Summerston.

À peine arrivé au bas du perron, il tira son téléphone de sa poche.

— Wiggins ? J'aurais besoin que vous me trouviez un certain Vincent Mori. Il se peut qu'il ait vécu un moment à Limehouse.

— C'est qui, patron ?

— Un ami de Tony Servino. Peut-être son associé.

— Un qu'il a arnaqué ?

— À entendre lady Summerston, Servino arnaquait tout le monde. Elle l'a traité de « crapule ». Toutefois, son mari s'entendait bien avec lui.

— Normal, entre crapules.

Jury sourit.

— Wiggins, vous parlez de Gerald Summerston, un modèle de vertu !

— Un peu trop vertueux pour être honnête.

— Je retourne à la voiture. Rappelez-moi dès que vous aurez quelque chose.

Wiggins rappela quelques minutes plus tard.

— Monti n'habite plus Limehouse, mais Knightsbridge. Apparemment, il est monté d'un cran dans l'échelle sociale.

Il indiqua une adresse à Jury.

— Brompton Road ? C'est à deux pas. Merci, Wiggins.

Personne ne répondit à son coup de sonnette. Mais comme il s'apprêtait à faire demi-tour, un homme sortit de la maison voisine et s'adressa à lui :

— Vous cherchez Vince ? En général, à cette heure-ci, il est au Grapes. Le pub, plus bas dans la rue.

Jury le remercia et regagna sa voiture.

24

Jury était venu à plusieurs reprises au Bunch of Grapes. Depuis sa dernière visite, l'établissement avait été rénové, malheureusement. Certains endroits devraient être laissés dans leur jus.

Une épaisse fumée de cigarette floutait les visages. En tant qu'habitué, Mori devait se tenir près du bar. Jury sortit son téléphone et chercha la photo que Wiggins lui avait envoyée : un type joufflu, aux cheveux bruns bouclés. Le type en question était debout à l'extrémité du comptoir. Jury s'approcha.

— Monsieur Mori ?

L'homme lui jeta un coup d'œil par-dessus son épaule.

— Qui le demande ?

Jury produisit sa carte.

— J'ai rien fait, marmonna Mori.

— Personne ne vous accuse de quoi que ce soit.

— Tant mieux ! Qu'est-ce qui vous amène, alors ?

Jury fit signe au barman de leur servir deux pintes.

— C'est Scotland Yard qui régale ?

— Tout juste !

— Si vous n'avez rien à me reprocher, qu'est-ce que vous fichez... ? Oh ! J'ai pigé. Vous êtes là pour Tony, pas vrai ?

— Bien vu.

— Putain, quelle merde ! gémit Mori en cachant son visage dans ses mains.

C'était le premier signe d'émotion qu'il montrait, et cette émotion semblait violente.

— Je suis désolé pour votre ami, monsieur Mori.

— Ouais, moi aussi. Tony paraissait invincible. Bon sang, pourquoi sa bonne femme l'a buté ?

— Elle a agi en état de légitime défense.

— N'importe quoi ! Tony n'aimait pas les armes et il n'aurait jamais frappé une femme. Jamais !

— Apparemment, il a fait irruption chez elle, fou furieux.

— Ça, c'est ce qu'elle raconte ! ricana Mori. Tony n'était pas du genre à se mettre en rogne. Non, elle l'a tué de sang-froid.

— Pourquoi ?

— Qu'est-ce que j'en sais ?

— Justement : je crois que vous le savez.

Mori le regarda, interloqué.

— J'ai hâte d'entendre votre avis, reprit Jury d'un ton encourageant. De tous les gens que j'ai rencontrés jusqu'ici, vous êtes le seul à défendre Tony Servino.

— Quelle surprise !

— On me l'a dépeint comme un alcoolique, un tricheur, un coureur de jupons qui arnaquait même ses associés – dont vous étiez –, une sombre crapule qui a essayé de tuer sa femme dans un accident de voiture...

À la fin de ce portrait peu flatteur, Mori riait si fort que plusieurs regards se tournèrent vers eux.

— Qu'y a-t-il de drôle, monsieur Mori ?

— Pardon, hoqueta Vince. C'est quoi, votre nom ?

— Commissaire Richard Jury.

— Eh bien, monsieur Jury, ces gens n'ont rien compris. C'est vrai, Tony était joueur et il aimait boire un coup. Mais jamais jusqu'à la perte de contrôle. Son truc, c'était de résoudre les problèmes des autres. Vous pigez ? Une sorte d'ange gardien.

Jury sursauta.

— Ah oui ?

— Vous voulez un exemple ? Payez-moi un autre verre, et je vous raconterai quelque chose.

Accoudé au comptoir, Vincent attendit que le barman les ait resservis.

— Il y a une dizaine d'années, le frère cadet du marquis de Cholmondeley – le comte… de Harwood, je crois. Un pair du royaume, hein ! – s'est fait surprendre dans une cabine téléphonique d'aire d'autoroute en compagnie d'un jeune mineur, Billie Whitelaw. Ce Billie Whitelaw avait un complice qui les a photographiés en pleine action. Harwood avait le combiné à la main, si vous voyez ce que je veux dire… La famille Cholmondeley n'avait pas envie que l'affaire éclate dans la presse ou finisse dans un tribunal. Ils ont fait appel à un bataillon d'avocats qui a tenté d'acheter le silence de Billie Whitelaw, mais le gosse ne voulait rien savoir. Peut-être avait-il envie d'être sous le feu des projecteurs, ou pensait-il détenir une main gagnante en cas de procès. En désespoir de cause, ils ont appelé Tony Servino à la rescousse. Tony a fouillé le passé de Billie, cherchant quelque chose d'utile contre lui : arrestation, P-V, etc. Pas de bol, le gosse était blanc comme neige. Mais, en se renseignant, Tony a découvert sa passion pour l'Afrique. Son rêve, c'était de devenir guide de safari. Drôle d'idée, mais bon… Tony a orienté ses recherches vers les structures qui emploient ce genre de guide, en particulier celles qui connaissaient des difficultés financières. Il a fini par trouver son bonheur au Kenya, un camp de toile haut de gamme au bord de la faillite. Il a proposé au proprio de le remettre à flot, à condition qu'il engage le gosse. Le type ne s'est pas fait prier.

» Ensuite, Tony est allé trouver Billie Whitelaw et lui a exposé les termes du marché : il exaucerait son vœu si le gamin oubliait cette histoire de cabine téléphonique et remettait la photo aux avocats de Harwood. Et le scandale a été étouffé dans l'œuf.

Jury l'avait écouté, fasciné.

— Ce qui m'étonne, dit-il après un moment de réflexion, c'est qu'un homme tel que Tony Servino se soit marié, à plus forte raison avec Flora Flood.

Vincent Mori haussa les épaules.

— Tout ce que je peux vous dire, c'est qu'il ne l'a pas épousée pour son fric.

— Et l'accident de voiture ?

— Quoi, l'accident ?

— Certains affirment que ce n'en était pas un.

— Vous faites fausse route, si je peux me permettre. Elle a raconté qu'elle voulait divorcer et lui, non ? C'était l'inverse. Tony souhaitait rompre, mais elle était folle de lui. Toutes les femmes l'étaient. Je crois qu'il l'aimait et qu'il serait resté avec elle si elle s'était montrée moins jalouse. Il ne supportait plus qu'elle le surveille et lui pose des tas de questions. Il n'était pas un ange, c'est vrai. Mais s'il avait voulu mettre fin à leur mariage, il aurait tourné les talons, et basta ! Tony se relevait de tout, sauf…

Mori baissa la tête. Jury se pencha vers lui et crut voir des larmes dans ses yeux.

— Sauf ?

— Sauf de la mort de son gosse… Son bébé.

— Mon Dieu, quelle horreur !

— Une horreur, ouais. Je n'ai jamais vu un homme souffrir comme lui, jamais ! C'était il y a cinq ou six ans. À l'époque, sa femme et lui habitaient Mayfair. Un soir, en rentrant chez lui…

25

Six ans plus tôt

Ce soir-là, sitôt rentré, Tony Servino cria le prénom de sa femme, qui ne répondit pas. Sans perdre de temps à se demander où elle pouvait être, il se dirigea vers la nursery. Sammy – son « petit gars », comme il l'appelait – avait à peine dix mois, et Tony n'avait jamais été aussi heureux. Parfois, il lui semblait que sa vie avait commencé à la naissance de son fils.

En montant l'escalier, il entendit Flora parler au téléphone dans le salon. Il entra dans la chambre. Le bébé n'était pas dans son berceau, mais un clapotement ténu lui parvint de la salle de bains. Celle-ci était plongée dans l'obscurité.

En s'approchant, il constata que le robinet s'égouttait dans la baignoire bleue en forme de baleine. Puis son sang se glaça d'horreur quand il aperçut le corps de son fils sous l'eau. Sammy avait cessé de se débattre. Sans réfléchir, Tony l'arracha à la baignoire et appela à l'aide. Le petit visage chiffonné se relâcha brusquement et devint aussi inexpressif qu'un masque ; sa bouche qui s'était remplie d'eau en cherchant l'air se referma.

Tony l'étendit sur le ventre et lui comprima le dos, espérant rétablir sa respiration.

— Sammy ! hurla-t-il.

Aucun son ne jaillit de la poitrine du bébé.

Tony appela de nouveau à l'aide. Personne ne répondit, et il n'entendit aucun bruit de pas dans l'escalier. Où étaient-ils tous passés ?

Il pensa alerter les secours, puis il s'avisa que son Alfa Romeo était plus rapide que n'importe quelle ambulance. Il enveloppa son fils dans une couverture, sortit dans la rue sans refermer la porte et sauta dans sa voiture, qu'il avait garée devant la maison. Il démarra en trombe, grilla deux feux rouges en klaxonnant, la vision brouillée par les larmes, sachant et à la fois refusant d'admettre l'évidence : son petit gars était mort.

Abandonnant sa voiture devant l'entrée des urgences, il se rua à l'intérieur et tendit Sammy à une infirmière, qui le confia à un médecin, et les regarda disparaître dans un couloir désert.

Deux minutes plus tard, le médecin – un homme à l'expression douce et bienveillante – revint et lui dit d'une voix feutrée qu'il était désolé de n'avoir rien pu faire.

Tony lui agrippa le bras, puis il le lâcha et sanglota sur son épaule.

— Et sa mère ? demanda le médecin.

Tony secoua la tête.

Le médecin comprit qu'il était inutile d'insister. Certaines douleurs ne peuvent se traduire en mots.

Il suivit Tony des yeux tandis qu'il se dirigeait vers la salle d'attente avec la démarche d'un homme subitement vieilli.

26

Tony Servino était resté dans la salle d'attente de l'hôpital, sans rien faire ni parler à personne, jusqu'à perdre la notion du temps. Puis il était retourné chez lui et avait gravi d'un pas lourd le perron qu'il avait dévalé plus tôt en portant Sammy. En entrant, il s'était retrouvé face à un mur de visages. On aurait dit que toutes ces femmes qui avaient disparu – pendant, quoi ? trente ou quarante minutes ? une heure ? – venaient de surgir d'un ailleurs inconcevable pour entendre de sa bouche la terrible nouvelle.

Sans ôter son manteau – il ne devait plus jamais l'enlever sous ce toit –, il se dirigea vers le bar et se versa un demi-verre de whisky. Il n'essaya pas de donner un sens à ce qui n'en avait pas ni de comprendre l'incompréhensible. Il ne formula même pas la question qui lui brûlait les lèvres : où étiez-vous toutes ?

À l'incrédulité succédèrent les explications filandreuses, chacune cherchant à se disculper, aucune ne voulant admettre qu'elle aurait dû être là, près de Sammy, et veiller sur lui. « C'est mon jour de congé », « Personne ne m'a dit de surveiller le bébé », « Mme Servino savait que j'allais… », et ainsi de suite, les réactions horrifiées, appropriées à la situation, trouvant un démenti cinglant dans les accusations que toutes – nurse, jeune fille au pair, mère – se renvoyaient, aucune ne voulant reconnaître sa responsabilité.

Tony ne cherchait même pas à suivre ce déferlement de justifications. Lui qui se targuait de débrouiller les affaires les plus compliquées savait qu'il ne ferait jamais la lumière sur celle-ci.

La seule à se montrer humaine fut la vieille cuisinière, Rebecca. Elle se précipita vers lui et répéta en sanglotant :

— Monsieur Tony, monsieur Tony, monsieur…

Il la serra dans ses bras en murmurant :

— Ça va aller, Reba. Ça va aller.

Puis il sortit.

Le premier hôtel qu'il trouva sur sa route était le May Fair. Il gara l'Alfa Romeo le long du trottoir, confia les clés au voiturier et entra.

Ça n'avait aucun sens d'appeler : il était presque minuit, elle n'avait aucun moyen de le rejoindre. Aucun. Il appela quand même.

À l'autre bout de la ligne, elle décrocha et n'entendit que le silence.

Elle le reconnut à son silence même.

— Tony ! Que se passe-t-il ?

Le silence se prolongea. Elle ne chercha pas à le briser et attendit.

— Sammy…

Puis il éclata en sanglots.

Non, pensa-t-elle. *Pas le bébé, pas Sammy.*

— Tony, chéri ? Qu'est-il arrivé ?

— Il est…

Malade ? Mourant ?

— Mort.

Mon Dieu, pas ça !

— Tu es chez toi ?

— Non, au May Fair.

— Ne bouge pas, dit-elle en s'habillant. J'arrive.

— Tu ne pourras pas venir ce soir. C'est impossible.

— Je trouverai un moyen.

Elle raccrocha et appela un autre numéro.

— Je dois aller à Londres. Tout de suite.

— Chérie, tu n'y penses pas ! C'est le milieu de la nuit. Le bateau ne…

— Je m'en moque. J'ai besoin d'un avion.

Cette requête arracha un cri de stupeur à son interlocuteur.

— *Quoi ?* On ne peut pas faire atterrir un avion à…

— Autre chose, alors. Un appareil qui se pose n'importe où, sur terre ou sur l'eau. Préviens Enrique.

— Enrique ? Sa spécialité, c'est la cascade aérienne !

— Précisément. Je t'en prie, papa. Tu es mon seul espoir. Ne perds pas de temps à poser des questions.

— Mais…

— Ni à discuter. Si tu ne m'aides pas, je trouverai moi-même quelqu'un, mais ce sera plus long. S'il te plaît.

Une demi-heure plus tard, un petit hydravion se posait sur un ruban d'eau éclairé par la lune, non loin de la plage. Elle avait offert une somme généreuse à un pêcheur pour qu'il la rapproche de l'appareil avec sa barque. Quand l'homme avait protesté, disant que c'était beaucoup trop d'argent, elle lui avait répondu que c'était encore trop peu.

Elle saisit la main tendue du pilote et se hissa à l'intérieur, comme si l'avion l'avait aspirée. Peu après, ils atterrissaient sur le continent. De là, un jet l'amena à l'aéroport de Londres-City, puis un hélicoptère la transporta jusqu'au May Fair. En criant pour couvrir le bruit des pales, le pilote lui expliqua que l'échelle de corde s'arrêtait à environ deux mètres du toit, et « Bon Dieu, soyez prudente ! ».

Elle se pencha vers lui, plaqua un baiser sur sa joue et sourit, le pouce dressé. Elle descendit l'échelle en tournoyant et se laissa tomber dans les bras des deux employés qui l'attendaient de pied ferme. Puis elle se précipita vers la porte menant à l'escalier de service, dévala un, deux, trois étages, remonta le couloir en courant et s'arrêta devant la porte de la chambre pour reprendre sa respiration et remercier tous ceux qui l'avaient menée là.

Assis dans sa chambre – il n'avait pas pris la peine d'allumer ni de fermer la porte à clé –, Tony repensait à leur conversation au téléphone. Il lui était reconnaissant de sa promesse, même si elle ne la tenait pas. Savoir que quelqu'un partageait sa douleur le réconfortait un peu et détournait son esprit de Sammy pendant quelques secondes. Malgré cela, il désirait ardemment sa présence. Mais bien sûr, elle ne pourrait pas venir.

Soudain, il entendit des pas dans le couloir. Il se leva d'un bond juste comme la porte s'ouvrait. La lumière se répandit dans la chambre, découpant une silhouette sur le seuil.

— Tony !

— Tu es là ! Sammy…

Sa voix s'étrangla et il baissa la tête, les yeux noyés de larmes.

Elle vola littéralement à travers la pièce et jeta ses bras autour de son cou.

Elle avait tenu sa promesse.

Troisième partie

UN CŒUR D'OR

27

Un soir, en rentrant chez lui...

Assis dans son salon, une tasse de thé refroidi à la main, Jury repensait à sa conversation avec Vincent Mori. Ce devait être atroce de rentrer chez soi pour trouver son bébé noyé dans sa baignoire, sans personne à ses côtés. Comment une telle tragédie avait-elle pu survenir ? Flora Flood n'avait jamais mentionné l'existence du petit Sammy. « Bon sang, pourquoi tu ne m'as pas appelé ? » avait demandé Vincent quand il avait appris. Tony lui avait répondu qu'il avait appelé quelqu'un d'autre, et que cette personne était venue.

« Qui ça ? s'était enquis Jury.

— J'en sais rien, avait avoué Vincent. "Elle est venue" : c'est tout ce qu'il m'a dit. »

Jury posa la tasse sur le sol, décrocha le téléphone et composa le numéro de Brian Macalvie.

En entrant dans son bureau de New Scotland Yard, une heure plus tard, Jury découvrit le sergent Wiggins, qui n'avait pourtant rien d'un rat de bibliothèque, plongé dans un livre. Il était tellement captivé qu'il semblait avoir oublié sa tasse de thé et même l'existence de son supérieur : lorsqu'il releva la tête, il regarda celui-ci comme s'il était un parfait inconnu.

— Qu'est-ce que vous lisez, Wiggins ? s'enquit Jury. Ça a l'air passionnant.

— En effet, patron, acquiesça Wiggins en lui montrant la couverture de l'ouvrage.

Brownell : le recueil de souvenirs que Jury avait vu entre les mains de Melrose.

— Ah oui ! dit-il. *Notre* Tom Brownell.

— Pas le mien, le vôtre. Je n'ai pas eu l'honneur de travailler avec lui. Quel génie !

Jury sourit.

— C'est vrai, il est brillant. Et modeste, avec ça. Pour en revenir à notre affaire, qu'avez-vous appris sur la victime de Bryher ?

— Madeline – ou Manon, comme elle se faisait appeler – Vinet a fait toutes sortes de boulots. Elle a dirigé un restaurant, une librairie, a travaillé comme aide-soignante avant de racheter une boutique de chocolats à Saint-Germain-des-Prés. Le commissaire principal Macalvie suggère que vous alliez à Paris pour rencontrer son associée.

— Le commissaire principal Macalvie a la manie de m'expédier partout où il n'a pas envie d'aller lui-même. Pourquoi ne téléphone-t-il pas simplement à cette femme ?

— Il n'a rien pu en tirer. Vous êtes plus doué que lui pour faire parler les gens.

— Ça, c'est la meilleure ! s'esclaffa Jury. C'est lui qui dit ça ? A-t-il mentionné la photo et Matthew Bewley ?

Wiggins plissa le front avant de répondre :

— C'est possible. Je n'ai pas tout saisi. Il a dit qu'il vous rappellerait au sujet de l'« ID ». À quoi faisait-il allusion ?

— À une identification.

Wiggins leva les yeux au ciel.

— Ça, j'avais compris ! Mais pour identifier quoi ?

— Je vous expliquerai. Et Gerald Summerston ?

— Il commandait un détachement en Corée, il s'est dressé devant une mitrailleuse pour protéger ses hommes, ce qui lui a valu une médaille. Il a été blessé et évacué vers Paris. Je devrais en apprendre davantage en consultant les archives du bureau de la Guerre.

— Appelez-moi George Martin, du ministère de la Défense.

— Mais vous ne le supportez pas ! s'écria Wiggins, surpris. Il parle, il parle, il parle pour ne rien dire.

— Je sais. Mais il détient les informations qui nous intéressent.

Le téléphone sonna. Wiggins décrocha.

— C'est pour vous, patron, souffla-t-il. M. Plant.

Jury lui prit le combiné.

— Hé ! Quoi de neuf ? demanda-t-il.

— Je suis en route pour Watermeadows. Flora Flood ne va pas très bien…

— Pas étonnant, dans sa situation.

— J'aimerais que tu viennes à Ardry End.

— D'accord, si tu y tiens. Mais je n'arriverai que demain. Pour le petit déjeuner, si ça te convient ?

— Merci.

Jury raccrocha et se tourna vers Wiggins.

— George Martin ?

Wiggins haussa les épaules, comme pour dire : « Je vous aurai prévenu », décrocha de nouveau et composa un numéro. Une fois la communication établie, il tendit l'appareil à Jury.

— George ? Comment allez-vous ? Ça faisait une éter…

Cette banale entrée en matière déclencha une cascade de commentaires tellement assourdissante que Jury éloigna le combiné de son oreille.

— Dites-moi, George, parvint-il à placer quand le flot se fut tari, auriez-vous quelque chose à propos d'un certain Gerald Summerston ? Il a combattu en Corée avec le grade de sous-lieutenant. Il a été décoré pour conduite distinguée. Non. Non… Allons, George ! Je ne vous demande pas de trahir un secret d'État…

Jury éloigna de nouveau le combiné, s'attirant un sourire narquois de Wiggins.

— Quoi ? De la « curiosité mal placée » ? Franchement, George, vous croyez que j'ai du temps à… Non, je n'ai pas lu le *Telegraph* depuis plusieurs semaines. Un procès ? Qui est Ernie… ?

Jury fit signe à Wiggins de prendre l'écouteur et mima l'action d'écrire.

Wiggins saisit son carnet de notes et s'approcha à contrecœur.

— Comment peut-il lui intenter un procès ? Gerald Summerston est mort !

Cette objection relança la logorrhée de George Martin, tel un moteur qui tenterait de monter à cinq mille tours par minute en trente secondes.

Le stylo de Wiggins courait sur le papier au rythme du discours de moins en moins intelligible de George Martin. Jury avait posé le combiné sur le bureau. Il le soulevait de temps en temps et prononçait quelques mots pour faire croire à son interlocuteur qu'il l'écoutait toujours. Le débit de Martin lui évoquait celui d'un fossoyeur qui aurait jeté frénétiquement des pelletées de terre sur un cercueil, craignant que le défunt n'en surgisse. Au bout de deux ou trois minutes, le silence s'installa et Wiggins laissa tomber sa tête sur son carnet, épuisé.

— Merci beaucoup, George, dit Jury. Quoi ? À Green Park ? J'ai peur de ne pas pouvoir… Vous m'avez dit tout ce que j'avais besoin de sav… Vous craignez les oreilles indiscrètes ? La semaine prochaine, peut-être.

Tout en répondant, Jury rapprochait peu à peu le combiné de son support.

— Je dois vous laisser, George. Encore merci. C'est ça, au revoir.

Il raccrocha d'un geste brusque, résolu à ne plus jamais décrocher, et demanda :

— Vous avez tout noté, Wiggins ?

— Malheureusement, oui. Maintenant, je vais devoir mettre de l'ordre dans ce fatras.

— Il prétendait avoir encore des révélations à me faire et voulait me donner rendez-vous à Green Park. À vous faire regretter que Le Carré ait écrit *L'Espion qui venait du froid* ! Vous méritez une récompense. Ça vous dirait de déjeuner au Ruiyi ?

Wiggins se redressa, et son visage s'illumina.

— Martin ne m'a rien appris, reprit Jury, hormis que le *Telegraph* aurait évoqué un procès intenté à Gerald Summerston.

— En effet, patron. C'est à propos de sa médaille. Je vous raconterai ça au Ruiyi.

Wiggins garda jalousement son secret pendant tout le trajet jusqu'à la voiture, puis jusqu'au restaurant.

Le Ruiyi était l'endroit préféré de Wiggins, juste après le Starrdust, la boutique de Covent Garden. Il adorait étudier la carte, même s'il prenait toujours le même plat. Il aimait encore plus doubler la longue file des clients qui attendaient qu'une table se libère et considéraient avec désapprobation cette entorse au savoir-vivre.

On leur servit du thé. Ils commandèrent du poisson frit et des beignets de crevettes.

— Wiggins, sortez votre carnet, et dites-moi si vous avez noté quoi que ce soit d'intéressant.

Wiggins parcourut du regard les pages de son calepin.

— J'ai un certain Ernest Temple, patron. Son père, Luther, a combattu en Corée sous les ordres de Summerston. Lors de la bataille de la rivière Imjin, en avril 1951, Summerston aurait franchi les lignes ennemies pour neutraliser plusieurs mitrailleurs, sauvant ainsi la vie de ses hommes. Mais Temple conteste cette version. D'après lui, c'est son père qui méritait une médaille pour ce fait d'armes.

Jury reposa sa tasse de thé sans y avoir touché.

— D'où George Martin tient-il cette information ?

— De Temple lui-même.

Une minuscule serveuse – la tante, la grand-tante ou la cousine de Danny Wu : le Ruiyi était une affaire familiale – apporta leur commande et s'éloigna aussitôt.

Le portable de Jury se mit alors à pépier : un appel de Macalvie.

— Bien joué, Jury ! Pour une fois, tu avais raison. Matthew Bewley et sa charmante sœur… C'est quoi, déjà, son prénom ?

— Josephine.

— C'est ça ! Les deux ont reconnu le type qu'ils avaient vu au Hell Bay sur la photo. Pourtant, ça remonte à plusieurs années. Il s'est assis à la table de Flora Flood, mais ils ont eu l'impression que cette rencontre était due au hasard, qu'il n'était pas venu pour elle.

— En effet, Tony Servino était venu pour une autre. Et oui, ça remonte à plusieurs années, ajouta Jury d'un ton mélancolique. Merci, Brian.

Sur le point de raccrocher, il ajouta :

— Comment ça, « pour une fois » ?

Mais Macalvie n'était plus là.

— Wiggins, pourriez-vous appeler Tom Brownell ? Ma batterie est déchargée.

Wiggins tendit son appareil à Jury.

— Tom ? C'est Richard. Dites-moi, avez-vous lu le *Telegraph* récemment ? Moi non plus. Mais ils ont publié un article…

Jury résuma à Tom le résumé que lui avait fait Wiggins.

— Je pense que vous devriez parler à cet Ernest Temple, reprit-il.

— À quel titre ? Je vous rappelle que je ne travaille plus pour la Met.

— Faites comme d'habitude, dites-lui : « Je ne suis pas là à titre officiel », etc.

— Rien ne l'oblige à me répondre.

— Je vous connais, Tom ! Vous feriez parler un mort. Ce n'est pas pour rien que vous avez résolu cent pour cent de vos affaires.

— Ne recommencez pas !

— Bon, mettons quatre-vingt-dix-neuf pour cent. J'allais également vous proposer de m'accompagner à l'hospice Summerston.

— Ce serait possible demain matin. Vers 10, 11 heures ?

— Parfait. Je pars pour Paris après-demain.

— Paris ?

— Pour rencontrer l'associée de Manon Vinet. À mon retour, j'irai à Ardry End. Je voudrais m'entretenir avec Flora Flood. À la réflexion, il vaudrait mieux que vous vous en chargiez. Elle vous apprécie.

— Dans sa situation, elle a intérêt à n'apprécier personne et à se méfier de tout le monde.

— Vous la croyez tellement vulnérable ?

— Je la crois tellement coupable.

28

L'établissement fondé par Gerald Summerston n'était ni un orphelinat ni un hôpital à proprement parler. Toutefois, les statuettes en bronze patiné qui coiffaient les piliers du portail suggéraient qu'il était un peu les deux. L'une représentait une femme courbée au-dessus d'un bébé enveloppé dans des langes ; l'autre, très droite, les bras tendus vers la première pour lui prendre l'enfant, était revêtue d'un uniforme d'infirmière.

Le nom SUMMERSTON était gravé au centre de la grille monumentale. Il se scindait en deux quand celle-ci s'ouvrait, comme pour signifier la double nature de sir Gerald.

Jury ne se rappelait pas avoir jamais reçu un accueil plus révélateur.

La femme qui se leva à leur entrée était l'archétype de l'infirmière-chef : grande, corpulente jusqu'aux lobes des oreilles, vêtue d'un uniforme bleu marine garni de boutons, de broches et d'autres breloques dorées. Son expression renfrognée devait être habituelle. La plaque en métal sur son bureau indiquait qu'elle s'appelait Mme Maltings.

Comme elle accueillait les deux visiteurs, une petite fille aux cheveux bouclés se faufila dans la pièce. Elle était très mignonne et surtout, humaine.

— Marcia, tu ne devrais pas être en train de goûter ? lui demanda Mme Maltings en faisant le geste de la chasser.

Marcia, trop contente de voir des visages nouveaux et avenants, ne se laissa pas démonter.

— Lui, c'est Sunny, annonça-t-elle en présentant à Tom un cheval en peluche qui avait beaucoup vécu.

— Ah ! fit Tom. Et tu te promènes dans le parc sur son dos ?

Marcia pressa Sunny contre sa joue, ravie. Une grande personne qui croyait qu'on pouvait chevaucher un jouet ? Quelle différence avec les adultes qu'elle côtoyait d'ordinaire !

La représentante en chef de ce dernier groupe vint gâcher sa joie en appelant :

— Sandra ?

Une jeune femme apparut aussitôt, comme si elle attendait en coulisse, et s'approcha d'un pas vif.

— Sandra, il faut mieux surveiller les enfants.

Mais à la vue des deux hommes, Sandra perdit tout intérêt pour quoi que ce fût, à l'instar de Marcia.

Tom fit signe à la petite fille d'approcher et sortit un sachet d'ours gélifiés de la poche de son manteau.

— Tu veux bien partager ceci avec tes amis ? lui dit-il. Mais avant, fais-leur promettre qu'ils empêcheront les oursons de monter sur le dos de Sunny.

Sandra et Marcia semblèrent se réjouir de ce cadeau, qui leur offrait un prétexte pour quitter la pièce sans attendre que Mme Maltings les congédie.

— Pour un policier, vous savez vous y prendre avec les enfants, observa l'infirmière-chef.

— Je sais aussi m'y prendre avec les suspects, répondit Tom du tac au tac.

Ne sachant comment réagir à cette remarque aussi inattendue que déstabilisante, Mme Maltings entreprit de leur faire visiter l'établissement. La partie hospice comptait une dizaine de chambres, une salle d'accouchement, une cafétéria, une salle de jeux occupée ce matin-là par une demi-douzaine d'enfants et un vaste espace d'attente. Son caractère aseptisé était adouci par des touches de confort qui visaient à créer l'illusion d'un foyer : papier peint imprimé dans les chambres, lits plus larges que la moyenne avec des couvertures aux couleurs vives.

— Très joli, apprécia Tom. Vos patientes doivent trouver un sacré changement avec leurs conditions de vie habituelles.

— En effet, acquiesça Mme Maltings. La plupart des femmes que nous accueillons ne connaissent que la rue, la drogue et la misère.

— Ainsi que les grossesses non désirées ?

— Hélas, oui. Nous leur laissons le choix : repartir avec leur bébé, ou le proposer à l'adoption. Beaucoup optent pour cette solution, surtout celles qui n'ont pas de moyens de subsistance.

— Nous nous intéressons à une certaine Manon Vinet, une Française qui aurait séjourné chez vous il y a cinq ou six ans.

Mme Maltings se redressa comme pour faire rempart contre toute tentative de violation du secret médical.

— Je ne peux vous fournir aucune indication personnelle sur nos patientes. Il faudrait vous adresser au médecin-chef, le Dr Park. Howe Park.

— Y a-t-il moyen de lui parler ?

— Il a pris sa retraite. Il vit maintenant à Saint-Just.

— En Cornouailles ?

— C'est ça.

Elle pinça les lèvres, à croire qu'il lui en coûtait de l'admettre.

— Pourriez-vous nous donner son adresse ou son numéro de téléphone ?

— Je dois avoir ça quelque part, répondit-elle avec une réticence manifeste. Venez !

Tandis qu'ils regagnaient son bureau, Jury tenta de l'amadouer avec des commentaires flatteurs sur la décoration et l'aménagement des pièces qu'ils traversaient.

— Gerald Summerston semblait avoir pensé à tout, fit remarquer Tom.

Le visage de Mme Maltings s'illumina presque.

— C'est vrai ! approuva-t-elle. Et il n'a pas lésiné sur les moyens pour concrétiser ses idées brillantes. Je n'ai jamais connu quelqu'un d'aussi généreux.

— Il était l'âme de cet endroit, renchérit Jury.

— Tout à fait.

29

— Tu avais promis de m'emmener au Mucky Duck ce soir, protesta Carole-Anne Palutski.

Pendant que Jury fourrait quelques affaires dans un sac de voyage, elle incrustait sur ses ongles les paillettes qu'elle avait disposées devant elle sur la table basse.

— Pardon, dit-il. Je t'y inviterai à mon retour. Au fait, tu ne devrais pas être à la boutique ?

— Andrew m'a donné mon après-midi.

— Pour que tu te fasses les ongles ? plaisanta Jury en glissant son nécessaire de rasage dans son sac.

Carole-Anne enchaîna comme si elle n'avait pas entendu :

— Tu n'as pas besoin d'aller à Paris pour interroger cette fille. Tu n'as qu'à lui téléphoner.

— Elle me répondra plus facilement si je la rencontre en personne.

— Pourquoi ? À cause de ton charme irrésistible ?

C'était bien la dernière raison qu'aurait invoquée Jury, néanmoins il entra dans le jeu de Carole-Anne :

— Évidemment !

— Alors, c'est perdu d'avance.

— Merci quand même !

— Tu n'as aucun charme… Ou du moins, pas autant que tu le crois, précisa la jeune femme en repositionnant un éclat de faux rubis sur l'ongle de son petit doigt.

Elle tendit la main devant elle pour juger son œuvre et ajouta :

— En plus, Mme W. s'inquiète quand tu découches.

Une manière de passer sous silence sa propre inquiétude.

Wiggins le conduisit à Heathrow, où il devait prendre le vol de 15 heures pour Paris.

— Il est une heure plus tard là-bas, patron. La boutique ferme à 19 heures. Ça vous laisse le temps d'interroger cette femme, Gabrielle. J'ai vérifié : elle travaille bien cet après-midi.

— Cette Gabrielle, elle a un nom ?

— Belrose.

La boutique était située dans une petite rue de Saint-Germain-des-Prés. Un carillon retentit quand Jury en poussa la porte.

Derrière un des trois longs présentoirs vitrés, une femme – elle avait plutôt l'air d'une adolescente – choisissait des chocolats qu'elle alignait ensuite dans une boîte noir et or que Jury reconnut au premier coup d'œil.

— Excusez-moi, dit-il, vous êtes Gabrielle Belrose ?

La jeune femme leva les yeux du présentoir.

— *Oui**.

---

* En français dans le texte.

— Pourriez-vous m'accorder quelques minutes, mademoiselle ? Je suis de la police, précisa Jury, la voyant hésiter.

— La PJ ? Encore ?

— Son équivalent britannique : New Scotland Yard. C'est au sujet de Manon Vinet. Vous étiez amies, je crois ?

Les yeux de Gabrielle se remplirent de larmes.

— Oui.

— Je suis désolé. Vous devez en avoir assez des questions, mais…

— En effet, dit-elle en détournant le regard.

— Je comprendrais que vous n'ayez pas envie de me parler. Si c'est le cas, je vous laisserai tranquille.

Elle esquissa un pâle sourire, comme si le sang s'était retiré de son visage – un visage ravissant, soit dit en passant.

— J'ignorais que les policiers renonçaient aussi facilement.

— Pas tous, non. Mais moi, oui.

Jury nota son nom et son numéro de portable au dos de la carte de son hôtel et la fit glisser sur le comptoir.

— Appelez-moi si vous voulez. Au revoir, Gabrielle.

— Attendez ! s'écria-t-elle comme il se dirigeait vers la porte.

Il s'arrêta et se retourna.

— Je veux bien répondre à vos questions. J'étais sur le point de fermer. Ça vous dirait de prendre un verre quelque part ?

— Encore mieux : allons dîner. J'ai repéré un restaurant, un peu plus haut dans la rue.

— Le Vin d'Or ? C'est très bon, mais… c'est cher.

— Scotland Yard vous invite.

Elle baissa les yeux vers sa jupe.

— Je crains de n'être pas assez bien habillée.

— Vous êtes parfaite ! Je ne peux pas en dire autant. Dépêchez-vous de fermer la boutique, et allons-y.

Si le maître d'hôtel du Vin d'Or se formalisa de leur tenue vestimentaire, son sourire n'en laissa rien paraître. Même s'ils n'avaient pas réservé, il les guida jusqu'à une table que la lampe en verre fumé placée juste au-dessus enveloppait d'une lumière douce.

Après avoir allumé la bougie chauffe-plat au centre de la table, il leur tendit la carte des boissons et des mises en bouche.

Un peu plus tard, un serveur leur apporta les menus et leur demanda s'ils souhaitaient un apéritif.

— Cet endroit est remarquable par sa simplicité même, observa Jury en regardant autour de lui.

Il n'avait pas encore goûté la nourriture, mais l'accueil et l'ambiance justifiaient amplement les prix astronomiques.

— Pas de manières entre nous, dit-il alors que Gabrielle parcourait la carte d'un air effaré. Prenez ce qui vous fait envie.

Le rire de la jeune femme était aussi cristallin que le tintement du carillon à l'entrée de sa boutique.

Ils choisirent tous les deux un filet de bœuf accompagné de légumes aux noms tellement difficiles à prononcer pour un étranger que Jury laissa Gabrielle commander pour lui.

— Depuis quand travailliez-vous avec Manon, Gabrielle ?

— Mes amis m'appellent Gaby. Ça devait faire onze ans. Elle venait de racheter la boutique quand nous nous sommes associées.

— Dans ce cas, vous la connaissiez sans doute mieux que quiconque. Mieux que Scotland Yard, à tout le moins, ce qui n'est pas très difficile. C'est pourquoi votre aide nous serait précieuse. Vous comprenez ?

Elle hocha tristement la tête tandis que le serveur versait du vin dans son verre.

— Toutefois, nous pensons qu'elle a eu une liaison avec un certain Gerald Summerston.

— En effet.

Jusque-là, Jury soupçonnait qu'il n'avait pas entrepris ce voyage pour rien. À présent, il en avait la certitude.

— Vous le connaissiez ?

— C'était un habitué de la boutique. C'est d'ailleurs comme ça que Manon et lui se sont rencontrés. Il raffolait du chocolat.

— Vous l'appréciiez ?

— Non.

Cette réponse abrupte surprit Jury. Il attendit qu'elle s'explique.

— Ce n'était pas quelqu'un de bien. Il… Il était marié.

Elle fixa Jury comme si elle s'attendait à ce qu'il la contredise.

— Vous vous imaginez peut-être qu'en France, on tolère mieux ce genre de comportement…

— Non, je n'en crois rien. Quelle vie lui offrait-il ?

Le serveur apporta leurs plats, remplit leurs verres et s'éloigna sans bruit.

— Je n'appellerais pas ça une vie, répondit Gabrielle. Même s'il lui avait dit qu'il divorcerait de sa femme pour l'épouser.

— Selon vous, il mentait ?

— Oui. Mais elle le croyait. Il aurait pu lui faire avaler n'importe quoi. Pour son âge, il était très bel homme. Mais il cherchait à séduire toutes les femmes qu'il croisait. Il a même tenté sa chance avec moi ! Bien sûr, je n'en ai pas parlé à Manon, mais j'ai eu l'impression qu'elle savait.

Elle prit son verre et le regarda un moment en silence.

— Vous savez, Manon buvait presque une bouteille de vin chaque jour. Mais peu après que Gerald eut quitté Paris en lui promettant qu'il reviendrait bientôt, elle a complètement cessé. Quand je lui ai demandé pourquoi, elle m'a répondu : « Gerald trouve que je bois trop. »

— C'est curieux qu'elle ait choisi précisément ce moment pour arrêter.

— Sur le moment, j'ai pensé la même chose. Puis environ un mois plus tard – bien sûr, Gerald n'était pas revenu –, elle a subitement quitté Paris.

— Pour aller où ?

— À Londres. Il l'avait appelée pour lui annoncer qu'il était malade. Il voulait qu'elle le rejoigne. Il s'était débrouillé pour la faire engager comme infirmière.

— Il ne craignait pas les soupçons de lady Summerston ?

— Bizarrement, elle ne s'est doutée de rien. Il lui avait raconté que Manon travaillait dans une clinique, ou un hospice, qu'il possédait.

— Après la mort de Gerald, elle est rentrée à Paris ?

— Pas tout de suite. Elle a séjourné chez des amis pendant deux mois.

Jury repoussa son assiette.

— À mon avis, dit-il, elle a plutôt passé tout ce temps dans la clinique en question. Elle était enceinte, vous ne croyez pas ? C'est pourquoi elle a renoncé à boire du jour au lendemain. Son absence a duré environ six mois, c'est ça ? Le temps de mettre son enfant au monde. Quand elle a appris sa grossesse, elle a dû poser un ultimatum à Gerald, mais il était déjà gravement malade. Je suppose qu'il l'a fait venir à Londres pour mieux la manipuler et s'assurer qu'elle ne dirait rien à personne – surtout pas à sa femme !

Le serveur débarrassa la table et apporta la carte des desserts. Jury n'y jeta même pas un coup d'œil. Il laissa Gabrielle la parcourir sans la distraire avec ses questions.

— Je vais prendre une crème brûlée, dit-elle enfin. J'ai toujours aimé la crème brûlée.

Comme un amant perdu de vue que la vie lui aurait enfin rendu.

— Moi aussi ! Pour terminer le repas, que diriez-vous d'un cognac ?

Le rire de Gabrielle tinta de nouveau, semblable à une musique.

— Je suis déjà à moitié ivre !

— L'autre moitié réclame sa part.

Le serveur revint prendre leur commande et disparut dans la lumière éthérée de la salle.

— Manon est rentrée à Paris avec son bébé ? demanda Jury.

Gaby secoua la tête.

— J'ignore ce qu'il est devenu, mais Manon n'était pas idiote. Elle a monnayé son silence.

— Que voulez-vous dire ?

— Elle a promis à Gerald de ne pas provoquer de scandale, à condition qu'il reconnaisse la paternité de son enfant et lui lègue une partie de sa fortune. Il était très riche, vous savez.

— Vous croyez qu'il a accepté ?

— Oui. Avant son départ pour Bryher, Manon m'a confié le papier qu'elle lui avait fait signer.

— Comment se comportait-elle, les jours qui ont précédé sa mort ? Vous a-t-elle paru excitée, ou soucieuse ?

Jury dut patienter le temps que le serveur dépose leurs desserts sur la table et disparaisse de nouveau.

— Ni l'un ni l'autre. Manon n'extériorisait pas facilement ses émotions.

Gaby prit une bouchée de crème et ferma les yeux d'un air extatique.

Jury comprit pourquoi quand il plongea sa cuillère dans la sienne.

— Je n'ai jamais mangé une crème aussi onctueuse, dit-il. On dirait de la soie.

Comme il était repu, il écarta néanmoins son assiette.

— Savez-vous ce que Manon était allée faire à Bryher ?

— Voir quelqu'un, peut-être.

— Mais la seule personne qu'elle y connaissait, Daisy Brownell, était morte.

— Daisy… Ce prénom m'évoque quelque chose.

Gaby dégusta sa crème brûlée en silence, puis elle posa sa cuillère.

— Manon connaissait quelqu'un d'autre là-bas, ajouta-t-elle.

— Qui ça ? demanda Jury, intrigué.

— Son enfant. Vous ne finissez pas votre dessert ?

Quatrième partie

COUSIN À LOUER

30

Pendant que Richard Jury arpentait les rues de Paris, on sonna à la porte d'Ardry End. Ruthven étant allé porter son thé à M. Blodgett, Melrose Plant ouvrit lui-même et se retrouva face à un gamin de 12 ou 13 ans. Son expression revêche indiquait clairement que quoi que Melrose ait eu à vendre, il n'était pas intéressé. Il lâcha son sac en toile le temps d'extraire un morceau de papier de sa poche.

— C'est vous, m'sieur Plant ?

Melrose se rappela alors qu'il attendait un visiteur.

— Tu dois être Gerrard ? demanda-t-il.

— Ça se peut, répondit le gosse sans se mouiller.

— Si c'est bien toi, entre.

Le supposé Gerrard parut se satisfaire de la marge d'erreur contenue dans cette invitation et franchit le seuil.

— Je suis lord Ardry, ajouta Melrose, curieux de voir sa réaction.

Gerrard resta impassible. Il ressortit la feuille, la défroissa et dit simplement :

— On m'a dit d'aller chez un certain Melrose Plant.

— C'est moi aussi. Tu sais ce qu'est un titre ?

— Ouais. C'est pas mal, chez vous, observa Gerrard en promenant son regard autour du hall dallé de marbre. Un peu… ostentatoire. C'est comme ça qu'on dit ?

— J'espère que non, même si ça se dit, en effet. Tu aimes les mots compliqués, pas vrai ? Passons au salon. Une tasse de thé ?

Le visage de Gerrard s'éclaira brièvement.

— Pourquoi pas ? marmonna-t-il d'un air blasé.

Melrose prit place dans son fauteuil habituel, devant la cheminée, et indiqua à son invité celui qui lui faisait face.

— C'est un sacré sapin de Noël que vous avez là ! remarqua Gerrard.

— Un peu ostentatoire, non ?

Le terme n'était pas exagéré : l'arbre immense croulait sous une profusion de boules, de figurines en cristal, de minuscules animaux en faïence transmis de génération en génération.

— Un sapin de Noël, ça doit en mettre plein la vue, déclara Gerrard d'un ton catégorique. Et matez un peu cette montagne de cadeaux ! ajouta-t-il avec un sifflement admiratif.

La plupart des paquets disposés au pied du sapin avaient été emballés par Pippin. Melrose avait été surpris d'apprendre que celle-ci avait acquis son tour de main en travaillant chez Harrods. Elle paraissait pourtant bien jeune pour occuper un emploi, fût-ce celui de bonne à tout faire à Ardry End.

— Impressionnant, je l'admets, acquiesça-t-il.

— Il doit y en avoir pour une fortune.

— Je confirme. Accessoirement, c'est quoi, ton nom de famille ?

— Gerrard.

— Comme ton prénom ?

— Ouais.

— Ta mère manquait à ce point d'imagination ?

— Elle est surtout fainéante. On l'est tous, dans la famille.

— Ce n'est pas ce que m'a dit l'agence de placement. Ils t'ont décrit comme minutieux et dur à la tâche.

— C'est vrai.

— D'après eux, tu serais, en outre – je les cite –, « têtu, égoïste, arrogant, exigeant… et très intelligent », acheva Melrose avec un sourire.

— C'est bien vu, à part le dernier point.

— Ils n'avaient pas précisé que tu avais aussi le sens de l'humour.

— Ils ont pas dû s'en apercevoir. Mais si je suis têtu et tout ce que vous avez dit d'autre, pourquoi vous m'avez embauché ?

— Parce que tu as toutes les qualités requises pour affronter une personne douée des mêmes, à part l'intelligence : ma tante.

— Une tante ? Moi aussi, j'en ai une ou deux.

Sur ces entrefaites, Ruthven entra dans la pièce, un plateau lourdement chargé entre ses mains, et Gerrard se redressa comme un ressort.

— Ruthven, je vous présente Gerrard. Il va demeurer ici pendant… Combien de temps, déjà ?

— Sur mon contrat, il y a écrit deux semaines. Mais s'il le faut, je peux rester plus longtemps, ajouta-t-il en étudiant le contenu du plateau.

Melrose s'adressa de nouveau à Ruthven :

— Quand nous aurons pris le thé, vous serez aimable de lui montrer sa chambre.

— Certainement, milord, répondit Ruthven en s'inclinant. J'espère que monsieur Gerrard appréciera le thé.

Gerrard sourit pour la première fois depuis son arrivée.

— Un majordome ! s'exclama-t-il. Et il m'a appelé « monsieur » !

Apparemment, dans son système de valeurs, un majordome supplantait un comte, et un « monsieur » surpassait un simple Gerrard.

Melrose se tut pendant que le gosse disposait sur son assiette un scone, un sandwich au concombre, un œuf mayonnaise, une tranche de fromage et des pickles ainsi qu'un assortiment de gâteaux qui se chevauchaient un peu, faute de place. Il lui laissa même le temps d'engloutir une partie de son butin avant de reprendre :

— Pour en revenir à nos affaires, la tante dont je t'ai parlé, même si elle est absente aujourd'hui, a l'habitude d'annexer mon salon à l'heure du thé.

— Et vous avez pas envie de la voir débarquer, parvint à articuler Gerrard, la bouche pleine. C'est bon, tout ça. Mon thé, en général, je le bois sans rien.

Melrose s'extasia sur la vivacité d'esprit du garçon en le regardant gober un œuf dur. Depuis quand servait-on des œufs avec le thé ? Peut-être Ruthven et Martha avaient-ils jugé que le jeune Gerrard avait besoin d'un supplément de protéines. Tout bien considéré, il était un peu pâle et paraissait sous-alimenté.

— Vous *n'*avez pas envie, corrigea-t-il machinalement.

— Va falloir que je cause comme vous ?

— Rien ne t'y oblige, mais dans ton propre intérêt, tu devrais y penser.

Gerrard, un scone à la main, ferma les yeux et renversa la tête en arrière, comme s'il réfléchissait intensément.

— Pas maintenant, bon sang !

Le gamin rouvrit les yeux et étala un peu de confiture sur son scone.

— C'est prévu qu'on dîne ? demanda-t-il.

— Oui, plus tard. Mais vu ce que tu viens d'avaler, ça m'étonnerait que tu aies faim avant longtemps.

— Quand il s'agit de manger, j'ai toujours de la place.

Gerrard finit sa tasse, la reposa sur sa soucoupe et écarta les bras en soupirant :

— Aaah ! Ça va mieux !

Melrose pressa un bouton sous la table, et Ruthven réapparut.

— Vous voulez bien conduire M. Gerrard à sa chambre, Ruthven ?

— Oui, milord.

— Non, monsieur Ruthven ! protesta Gerrard en voyant le majordome ramasser son sac. Laissez, je le porterai moi-même !

— Il n'en est pas question, monsieur Gerrard. Et je vous en prie, appelez-moi simplement Ruthven.

— Je voudrais pas vous manquer de respect…

Le majordome et le gosse se dirigèrent vers le hall. Tandis qu'ils attaquaient la montée de l'escalier, le second dit au premier :

— Ils étaient vraiment excellents, ces œufs. Ils viennent d'où ?

— D’une poule, monsieur Gerrard.

Le gosse éclata de rire.

— Vous êtes un comique, vous ! Je crois que je vais me plaire ici.

Apparemment, le courant passait à merveille entre ces deux messieurs.

31

Gerrard descendit dîner à 20 heures, propre comme un sou neuf. Sa veste et son pantalon, bien que dépareillés, avaient été brossés avec soin. Un nœud papillon à pois décorait le col de sa chemise blanche repassée de frais. Ruthven n'avait pas ménagé ses efforts pour le rendre présentable.

Melrose le présenta à Agatha comme « un cousin au deuxième, ou plus probablement au troisième degré ».

Agatha parut chavirée, voire chamboulée. Melrose nota mentalement « chamboulé » pour le cas où il devrait baptiser un second bouc.

— Ton cousin ? répéta-t-elle, pour la troisième fois au moins.

Prise dans une boucle familio-temporelle, elle en oublia de serrer la main que Gerrard lui avait poliment tendue.

— Mais, Melrose ! Tu n'as pas de…

— … cousin ? Bien sûr que si ! Je ne t'ai jamais parlé des Gerrard de Londres ?

Melrose avait dit cela comme si le nom des Gerrard était connu du Tout-Londres.

— Ça faisait une éternité que je n'avais pas eu de leurs nouvelles, ajouta-t-il.

Gerrard n'avait pas usurpé sa réputation d'intelligence : il se révéla aussi doué que Marshall Trueblood pour évaluer une situation en un clin d'œil.

— Papa avait peur que vous ne l'ayez oublié, dit-il. Vous savez ? Votre cousin Ben…

— Jamais de la vie ! Comment aurais-je pu oublier Ben Gerrard ? Toutefois, je me sens honteux de ne pas l'appeler plus souvent. Voyons, quand nous sommes-nous vus pour la dernière fois, lui et moi ?

Melrose se tourna vers Gerrard, quêtant son aide.

— D'après papa, ça fait au moins douze ans.

— Tant que ça ? J'aurais pourtant juré être allé le saluer à l'occasion d'un séjour à Londres. Après tout, il est mon plus proche parent…

Si Agatha était parfaitement immobile, Melrose devina que ses pensées couraient aussi vite que la lumière, ou du moins aussi vite que la tornade qui avait enlevé la maison de Dorothy et de Toto, et qui menaçait à présent d'emporter Ardry End ainsi que tous les trésors qu'elle contenait jusqu'au Munchkinland londonien.

— Si ça fait aussi longtemps, vous avez – *n*'avez – jamais vu mes trois plus jeunes frères, reprit Gerrard. On est six en tout, précisa-t-il à l'intention d'Agatha, qui voyait sa part d'héritage fondre comme neige au soleil. Ça doit être chouette d'habiter une maison comme celle-ci, ajouta-t-il en se tournant vers Melrose. Pardon, cousin… Ce n'est pas ce que je voulais dire. On n'est pas pressés de vous voir…

Il porta une main à sa gorge et tira la langue, comme s'il s'étouffait.

Erreur, pensa Melrose. *Quelqu'un ici a hâte de me voir passer l'arme à gauche, et elle est assise juste en face de toi.*

Gerrard enchaîna sur les proportions idéales de la maison, ses fenêtres immenses, ses vastes cheminées… En supposant que la terreur puisse être multipliée par deux, trois ou quatre, telle la dose de vodka et de vermouth dans un martini « à la Demorney », celle que reflétait le visage d'Agatha tandis qu'elle sifflait son quatrième sherry passa en un clin d'œil d'« abjecte » à « absolue ». Debout près de son fauteuil, la carafe à la main, Ruthven était prêt à la resservir.

Cependant, Melrose contemplait à travers la fenêtre la lune qui brillait d'un éclat neuf et semblait n'attendre qu'un nœud papillon parsemé d'étoiles pour se joindre à la fête.

— Le plus fort, poursuivit Gerrard l'air enjoué, c'est qu'on aura chacun nos toilettes personnelles quand on habitera ici !

Agatha faillit s'étrangler.

Une lune d'argent et des toilettes en marbre, s'émerveilla Melrose. Quel bonheur de ne pas être obligé de faire le spectacle, pour une fois ! Assurément, Gerrard méritait le double – non, le triple – du salaire convenu.

— Votre smala et vous n'avez pas à vous inquiéter, monsieur Ruthven, ajouta Gerrard en se tournant vers le majordome. On vous gardera, bien sûr.

Pour la plus grande joie de Melrose, Ruthven entra immédiatement dans le jeu :

— Merci, monsieur Gerrard. En réalité, ma « smala » se limite à mon épouse, Martha.

— Ne me dites pas que vous êtes tout seuls pour vous occuper de cette grande baraque, sans parler du parc ? Vous avez sûrement des gens pour vous filer un coup de main !

— Que monsieur se rassure, nous avons « des gens », en effet. Il y a un jardinier, et même un ermite. J'espère que vous le garderez également à votre service.

Ruthven pouffa discrètement en remplissant le verre d'Agatha.

Si celle-ci n'avait pas déjà bu autant, elle aurait probablement empoigné le briquet en forme de pistolet et fait feu sur le gosse. Elle aurait ensuite rechargé son arme et se serait dirigée vers Londres afin d'abattre le cousin Ben et sa progéniture innombrable.

Melrose interrompit Gerrard, qui redémarrait au quart de tour, de peur de devoir appeler une ambulance pour sa tante.

— Le dîner est-il bientôt prêt, Ruthven ?

— Certainement, milord. Je vais poser la question à Martha.

Laquelle pourra s'estimer heureuse de conserver sa place le jour où j'avalerai mon extrait de naissance, s'amusa intérieurement Melrose.

— Y a quoi à manger ? s'enquit Gerrard.

— Je ne sais pas, mais crois-moi, tu vas te régaler.

Le majordome revint bientôt et les invita à passer à table.

— Gerrard voudrait savoir ce qu'il y a au menu, Ruthven, dit Melrose.

— Du filet de bœuf, milord.

— Du rosbif ?

— C'est cela, monsieur Gerrard. Avec des pommes de terre sautées.

Gerrard se frotta les mains avec un sourire jusqu'aux oreilles.

Agatha n'avait pas bougé. Melrose se demanda s'il allait devoir la transporter sur son fauteuil, mais non : au prix d'un effort surhumain, elle parvint à se lever et se diriger vers le meilleur repas que Gerrard avait jamais dégusté, servi dans la luxueuse salle à manger dont il hériterait un jour.

Cinquième partie

RETOUR DE BÂTON

32

Quand Melrose pénétra dans la salle à manger, le lendemain matin, Gerrard avait déjà attaqué son petit déjeuner. À la vue des victuailles empilées sur l'assiette du gosse, il se demanda s'il n'avait pas vidé les plats d'argent alignés sur le buffet. Non qu'il s'en souciât le moins du monde : lui-même ne touchait jamais à la plupart des délices quotidiens que préparait Martha.

— Salut, Mel ! lança Gerrard d'un ton enjoué.

Mel ?

— Bonjour, Gerrard. Le petit déjeuner est à ton goût, à ce que je vois.

Apparemment, la notion de sarcasme était aussi étrangère à Gerrard qu'un vol en première classe sur Emirates.

— C'est sûr ! acquiesça-t-il. La cuisine de Mme Ruthven est la mieux – la meilleure – que j'ai jamais mangée. Je me suis déjà resservi deux fois !

Ruthven entra dans la salle et proposa du thé à Melrose, qui le remercia et ajouta :

— Gerrard me disait tout le bien qu'il pense du petit déjeuner de Martha.

— C'est trop aimable. Encore un peu de thé, monsieur Gerrard ?

— Avec plaisir, monsieur Ruthven ! Merci.

Le gosse tendit sa tasse au majordome, qui la remplit.

— J'aimerais que tu m'expliques quelque chose, Gerrard, reprit Melrose. Tu dis « monsieur Ruthven », ou « madame Ruthven », quand « Ruthven » ou « Martha » suffiraient. Mais quand je pourrais espérer un « monsieur Plant », je dois me contenter d'un simple « Mel ».

Gerrard lui adressa un clin d'œil.

— Voyons, Mel… C'est parce que vous et moi, on est copains !

Melrose ne lui retourna pas son clin d'œil, même si cet aveu l'inclinait au copinage.

— Vous voulez pas des œufs et des saucisses ? demanda Gerrard en pointant sa fourchette vers le buffet, au cas où son hôte aurait ignoré où se servir.

— J'ai un menu spécial, répondit Melrose. Ah ! Voici mon déjeuner.

Ruthven déposa devant lui un toast beurré et un œuf à la coque. Ce dernier n'était pas servi dans le coquetier en argent habituel, mais dans un autre, que Melrose n'avait pas utilisé depuis qu'il ne portait plus de bavoir.

— Ruthven, vous avez réussi à joindre Treadwell ? s'enquit-il.

— Oui, milord. Me Treadwell a dit qu'il passerait ce matin. D'ailleurs, il ne devrait pas tarder, ajouta le majordome en jetant un coup d'œil à l'horloge comtoise.

— J'le crois pas ! s'exclama Gerrard avec un signe de tête vers l'œuf de Melrose. Un coquetier en forme de bonhomme qui tient un marteau et une cuillère !

— Pour briser la coquille et manger l'intérieur, expliqua Melrose. As-tu remarqué son petit chapeau ? C'est pour garder l'œuf chaud.

— Bon sang, Mel ! C'est un truc de gosse.

— Ça tombe bien : j'ai gardé une âme de gosse.

— Vous allez pas faire des mouillettes ? s'alarma Gerrard en voyant Melrose découper son toast.

— Bien sûr que si !

La sonnette fit entendre son tintement suave tandis que Melrose s'efforçait de briser la coquille de son œuf avec le marteau fantaisie. C'était moins facile que ça n'en avait l'air, mais, en insistant, il parvint à la craqueler et acheva de la découper avec la cuillère miniature.

— Et voilà le travail ! s'écria-t-il.

Juste comme il plongeait une mouillette dans son jaune sous le regard fasciné de Gerrard, Agatha entra sans être annoncée. Elle transportait un épais volume dans lequel Melrose reconnut un exemplaire du *Burke's Peerage*, la bible des généalogistes. Sans doute l'avait-elle volé dans la bibliothèque d'Ardry End, même s'il ne comprenait pas comment elle avait pu l'en sortir sans qu'il s'en aperçoive. Elle prit le temps de se servir du thé et de tartiner un biscuit de confiture avant de déclencher les hostilités.

— Figure-toi, Melrose, que je me suis replongée dans le *Burke's*…

Dommage qu'elle ne s'y soit pas noyée !

— … et à ma grande surprise, la lignée des Ardry-Plant ne mentionne pas les Gerrard ni aucun nom approchant, acheva-t-elle en décochant un sourire triomphant au gamin, assis de l'autre côté de la table.

Gerrard ne se laissa pas démonter.

— Normal, dit-il. Mon arrière-arrière-arrière-grand-père a changé d'identité à cause de son cousin William Bloone, connu de tous les juges de Londres pour avoir braqué une banque, fauché une charrette, s'être fait passer pour un officier de police, et Dieu sait quoi encore. Cette branche était tellement pourrie que mon arrière-arrière… Le vieux avait peur qu'elle salisse à jamais la réputation de la famille. Il a alors pris le nom de Gerrard, mais c'était trop tard pour que votre livre en parle.

Cette justification était tellement absurde qu'Agatha n'allait pas se risquer à la contester. Toutefois, elle demanda :

— Et quel était son nom d'origine ?

Elle rouvrait le livre à la page qu'elle avait cornée quand la sonnette retentit de nouveau.

— J'en sais rien, moi ! J'étais pas né. Mais je poserai la question à mon père.

Ruthven revint avec une expression qui annonçait que les réjouissances ne faisaient que commencer pour « milord » : outre Me Treadwell, du cabinet Yarborough, Seward & Treadwell, il allait en effet recevoir le commissaire Richard Jury.

— Richard ?

L'étonnement de Melrose n'était rien comparé à celui d'Agatha :

— Maître Treadwell ?

La police ne faisait pas le poids face à la menace d'un testament modifié.

L'avocat la salua d'une brève inclinaison de la tête :

— Madame…

« Madame », et non « lady Ardry ».

Melrose présenta Jury à Gerrard, lequel, déjà comblé par la montagne d'œufs, de saucisses et de harengs fumés qu'il venait d'engloutir, parut brusquement accéder au paradis :

— Scotland Yard ? La classe !

Ainsi, le prestige de Scotland Yard surpassait non seulement celui d'un comte, mais aussi celui d'un majordome.

— Ravi de faire ta connaissance, Gerrard, lui dit Jury. J'espère que tu n'as pas tout mangé. Je n'ai pas encore déjeuné.

— Il reste des saucisses et quelques harengs.

Jury se servit un peu des deux et s'assit à côté du gamin.

— Voulez-vous boire quelque chose, maître ? proposa Melrose à l'avocat.

— Une tasse de thé, merci.

— Ce jeune homme est Gerrard, mon cousin. Ou plutôt, le fils de mon cousin Benjamin Gerrard.

Me Treadwell, habitué aux révélations fracassantes, ne manifesta aucune surprise.

— J'ignorais que vous aviez encore des parents en vie, lord Ardry, dit-il simplement.

— Personne n'en savait rien ! intervint Agatha. Sauf en ce qui me concerne, bien sûr.

— Je parlais de parents du même sang.

Melrose savoura la réponse de l'avocat, qui aurait mérité d'être gravée dans le marbre. Il lui sembla entendre le tonnerre gronder quand Agatha lança un regard noir à Gerrard.

— Dans ce cas, je comprendrais que vous souhaitiez procéder à quelques ajustements, ajouta Me Treadwell sans mentionner explicitement le testament de son client.

À cet instant, Melrose lui-même était presque convaincu de l'existence de ce cousin providentiel.

— Pourrais-je vous dire deux mots en privé ? demanda-t-il au notaire. Ruthven nous servira le thé dans la bibliothèque.

Jury attendit que Melrose ait mis les choses au clair avec le notaire, puis que Ruthven ait raccompagné celui-ci à sa voiture, pour le rejoindre dans la bibliothèque, en laissant Agatha en compagnie du *Burke's* et de Gerrard.

— Concernant la dispute que Flora Flood aurait eue avec son mari juste avant de le tuer…

— Elle ne l'a pas tué.

— Admettons, soupira Jury. Bub a certainement entendu ce qu'ils disaient, même s'il le nie. Peut-être se confierait-il plus volontiers à un autre gosse.

— Je ne connais aucun gosse, à part Gerrard.

— C'est à lui que je pensais. Il est futé.

— Un peu trop.

— Tu ne voudrais pas l'emmener faire un tour à Watermeadows ? Flora Flood est à Londres pour quelques jours.

— Quoi ? Maintenant ?

— Oui, maintenant.

Jury rapporta à Melrose les confidences de Gabrielle Belrose sur la liaison de Manon avec Gerald Summerston.

— Juste ciel ! Ça éclaire la situation d'un jour nouveau.

— N'est-ce pas ?

— Mais qu'allait-elle faire sur Bryher ? Tu crois que ça a quelque chose à voir avec son enfant ?

— Ça avait tout à voir avec l'enfant. Je compte y retourner demain. Ça te dit de m'accompagner ? Ta présence compenserait celle de la police.

— Je dois le prendre comme un compliment ?

— Tu n'es pas obligé. Allez, dis oui... Tu te débrouilles bien avec les gosses.

— Tu plaisantes ? Ils me détestent, sauf quand ils trouvent le moyen de me mêler à leurs manigances. À ton avis, où tout ceci va-t-il nous mener ?

— Je dirais, à Tony Servino.

— Servino ?

— Gerald Summerston n'était pas le saint qu'on imaginait. Il avait besoin d'un ange gardien.

Après le départ de Jury, Melrose embarqua Gerrard à bord de sa Bentley et prit la direction de Watermeadows, en dépit des protestations de son passager, qui se plaignait que cette excursion ait pour objet de lui faire rencontrer un « morveux ».

— Morveux toi-même, maugréa Melrose.

Il freina brutalement pour éviter une vache qui se prélassait au milieu de la chaussée.

— Vous devriez surveiller la route, Mel. Un peu plus, et vous atomisiez cette vache.

— Et toi, tu devrais surveiller ta langue. Sinon, c'est toi que je vais atomiser.

En découvrant Watermeadows, Gerrard poussa des cris admiratifs et déclara que la propriété éclipsait même Ardry End.

— La différence, c'est que tu n'en hériteras pas, répliqua Melrose.

La cuisinière vint leur ouvrir, la taille ceinte d'un tablier taché de farine et de chocolat. Elle les informa que si Mlle Flora était partie pour Londres, Bub se trouvait dans sa chambre, au premier étage.

— Monte vite le rejoindre, dit-elle à Gerrard.

Sa confiance étonna Melrose : Gerrard aurait pu glisser quelques objets de valeur sous sa chemise en chemin, même s'il ne montrait aucun empressement à rejoindre Bub.

— Troisième porte à gauche dans le couloir, précisa-t-elle, mettant son hésitation sur le compte de sa méconnaissance des lieux.

— Vas-y, dit Melrose d'un ton encourageant. Je t'attends dans la bibliothèque.

La cuisinière eut l'amabilité de lui apporter du thé. Il buvait sa tasse, debout au centre de la pièce, quand il entendit des éclats de rire au-dessus de lui. En levant les yeux vers le balcon, il aperçut Gerrard et Bub en train de manier la perche avec laquelle la femme de ménage déplaçait le lustre. Il leur ordonna de la reposer immédiatement, et ils obéirent à contrecœur.

— Nous partons bientôt, cria Melrose à l'intention de Gerrard.

— Pigé !

L'adolescent échangea quelques paroles inaudibles avec son complice, avant d'apparaître comme par enchantement devant Melrose.

— Ce gosse sait s'amuser, dit-il en jetant un regard plein de regret au lustre.

— Pas sûr que ce soit une qualité, marmonna Melrose. Allons-nous-en.

En se dirigeant vers la porte, Melrose passa la tête à l'intérieur de la cuisine et remercia la cuisinière pour son accueil.

— Bub t'a appris quelque chose ? demanda-t-il ensuite à Gerrard.

— Que dalle ! Sauf qu'il aimait beaucoup Tony. Et ce n'est pas Tony qui a commencé à se disputer avec sa femme, mais le contraire. D'ailleurs, j'ai l'impression que Bub ne porte pas votre Flora dans son cœur.

33

Environ une demi-heure après leur retour à Ardry End, Melrose jeta un coup d'œil par la fenêtre et eut la surprise de découvrir une Ferrari rouge dans l'allée. Il appela le majordome, qui accourut.

— Ruthven, à qui appartient cette voiture ?

— À M. Rice, milord. Il m'a dit de ne pas vous déranger. Il est venu voir Mlle Sydney. Ou plutôt, c'est elle qui l'a prié de venir.

— Et où…

— À l'écurie. Il y a quelques minutes, M. Rice est passé à la cuisine et m'a prié de téléphoner à…

Melrose sortit sans attendre la fin de la phrase.

— Si on me réclame, vous savez où me trouver, lança-t-il au majordome avant de tourner le coin de la maison.

— Vernon ! Ça fait plaisir de vous voir. Je ne savais pas que…

Melrose s'interrompit devant le visage sillonné de larmes de Sydney.

— Que vous arrive-t-il ?

Vernon répondit à la place de la jeune femme :

— Sydney ne se sent pas bien. Nous attendons son grand-père. Ruthven lui a téléphoné à ma demande. Il a promis de venir très vite.

— Mais, enfin, que se passe-t-il ?

— Ça n'a rien à voir avec vous ni avec Ardry End, répondit Sydney d'une voix étranglée. S'il vous plaît, est-ce qu'on pourrait attendre grand-père ?

— Bien sûr. Rentrons, vous serez mieux à l'intérieur.

— Merci, mais je préfère rester ici, avec Chagriné. Et Vernon.

Moins d'une demi-heure plus tard, Tom Brownell était là.

— Sydney ? dit-il d'un ton hésitant.

Elle ouvrit la bouche, mais aucun son n'en sortit. Elle regarda Vernon, qui secoua la tête. Toutefois, le spectacle de sa détresse le fit changer d'avis.

— Sydney a quelque chose à vous dire, Tom, déclara-t-il. À propos de sa mère.

— De Daisy ? Qu'y a-t-il, ma chérie ?

Sa petite-fille éclata en sanglots.

— Pardon, grand-père, gémit-elle à travers ses larmes. J'ai tellement honte…

— Parle sans crainte, reprit Tom d'un ton ferme. Quoi que tu aies fait, je ne te jugerai pas.

— Si tu savais… C'est moi qui ai tué maman ! Enfin, je crois… Non, j'en suis sûre. Elle ne te l'avait pas dit pour ne pas t'inquiéter, mais elle était très malade. Elle avait une infirmière à domicile, Anna. Mais cette nuit-là, l'hôpital l'a rappelée pour une urgence. Avant de partir, elle m'a laissé des instructions au cas où maman aurait eu besoin d'analgésiques. « D'ici une heure, m'a-t-elle dit, vous pourrez lui donner deux comprimés. Pas plus. Vous avez compris, Sydney ? » Il s'était écoulé moins d'une heure quand maman m'a réclamé son traitement parce qu'elle avait trop mal. Alors, je lui ai donné deux comprimés. Elle m'a rappelée quelques minutes plus tard, et m'a dit que la douleur était insupportable. Je lui ai répondu que c'était impossible, qu'elle devait respecter la prescription, mais elle a insisté. Elle me suppliait, et elle refusait de lâcher ma main. Tu connaissais maman : elle ne se plaignait jamais. J'ai appelé l'hôpital, mais Anna était injoignable, alors…

Sa voix se brisa.

— Alors, tu as cédé aux prières de ta mère. Tu as fait ce que tu as pu, Sydney.

— C'est faux ! J'aurais dû tenir bon. Mon Dieu, comme je regrette…

Elle se tourna vers Chagriné et pressa la joue contre son flanc.

Tom posa une main sur son épaule.

— Au moins, nous savons maintenant qu'elle ne s'est pas suicidée, et c'est un soulagement.

Sydney se calma aussitôt.

— Je n'avais pas vu les choses ainsi, dit-elle. Tu as raison.

À cet instant, Melrose eut la certitude que, au fond de lui, Tom Brownell avait toujours su, et qu'il s'était caché la vérité afin de préserver sa petite-fille.

— Merci, Vernon, murmura Sydney en caressant Chagriné. Merci pour tout.

— Je n'ai fait rien, protesta Vernon Rice. Je me suis juste trouvé là au bon moment, et encore… On dirait bien que ce cheval est une meilleure planche de salut que moi !

Du pur Vernon Rice… Le jour où sa nièce, Nell Ryder, était revenue, presque deux ans après sa disparition, elle avait couru vers lui, et non vers son grand-père. Vernon faisait le même effet à tous. Les gens sentaient d'instinct qu'on pouvait compter sur lui.

Sydney ramassa distraitement une brosse et entreprit de panser Chagriné.

— Vous saviez, dit-elle. En tout cas, vous aviez perçu que je me sentais coupable et que c'était lié à ma mère.

— C'est au cheval que vous parlez ? Vous le vouvoyez ?

— Je m'adresse à vous, Vernon. Vous saviez, n'est-ce pas ?

— Je suis flatté que vous me prêtiez le pouvoir de lire les pensées d'autrui, mais…

— C'est le cas. Vous aviez deviné.

Melrose repensa à Nell et regarda Vernon à la dérobée. Sydney avait raison : il avait toujours su.

34

Melrose venait de regagner le salon quand la sonnette tinta. À croire que tout le pays s'était donné rendez-vous à Ardry End ce jour-là ! L'absence de Ruthven l'obligea de nouveau à s'extraire de son fauteuil pour ouvrir. Cette fois, il se trouva face à un inconnu, un grand gaillard coiffé d'un chapeau mou et portant des lunettes de soleil en plein hiver.

— Monsieur Plant ?

— Oui. À qui ai-je l'honneur ?

Le visiteur ôta ses lunettes.

— Jenks. George Jenks. Comment allez-vous ?

Melrose serra la main que l'homme lui tendait en se perdant en conjectures sur son propriétaire. Ce nom ne lui évoquait rien.

— Mon nom ne vous dit rien, reprit l'inconnu, comme s'il avait lu dans ses pensées. Mais il paraît que vous possédez un cheval exceptionnel.

Melrose recula, surpris

— C'est mon cheval qui vous intéresse ?

Jenks acquiesça.

— Je suis entraîneur, expliqua-t-il.

— Qu'est-ce qui vous fait croire que j'ai besoin d'un entraîneur ?

Entre-temps, Ruthven était rentré, suivi de Sydney et de Vernon.

— Ça alors ! s'exclama ce dernier tandis que le majordome débarrassait le visiteur de son manteau. George Jenks ?

Apparemment, tout le monde à part Melrose avait entendu parler de George Jenks : Vernon, Sydney, et peut-être même Chagriné.

— M. Jenks est un des meilleurs entraîneurs du pays, expliqua Vernon. Vous ne devez pas vous souvenir de moi, ajouta-t-il en serrant la main de Jenks, mais nous nous sommes déjà croisés au haras Ryder, près de Cambridge. Comment avez-vous entendu parler de Chagriné ?

— Par une relation commune, répondit Jenks en souriant à Melrose. Cette personne m'a dit le plus grand bien de votre cheval.

— C'est vrai, Chagriné a l'étoffe d'un champion, approuva Sydney. Mais j'ignorais que M. Plant avait l'intention de le faire courir.

— Je le découvre en même temps que vous ! dit Melrose.

Jenks rit.

— Serait-il possible de le voir ? demanda-t-il.

— Bien sûr. Mais qui est... ?

— Venez ! proposa Sydney. Nous allons vous accompagner.

Jenks, Vernon et elle se dirigèrent vers l'écurie, laissant Melrose s'interroger sur cette mystérieuse relation commune.

Ils trouvèrent Gerrard à l'écurie, en train de bouchonner Chagriné.

— Fais-le sortir, tu veux bien ? demanda Sydney. M. Jenks voudrait le voir.

Après avoir débattu avec lui-même, Gerrard s'exécuta.

Jenks examina longuement la tête du cheval et passa la main sur son flanc. Il lui palpa l'épaule, la hanche, puis recula pour l'étudier sous différents angles.

— Belle bête, dit-il enfin.

— Il est magnifique, oui ! protesta Gerrard.

— Tu as raison, acquiesça Jenks. Ça se voit que tu prends bien soin de lui.

— C'est surtout moi qui m'occupe de Chagriné, rectifia Sydney, piquée au vif.

— Et vous faites de l'excellent travail. Peut-on le voir courir ? Y a-t-il une carrière près d'ici ?

Melrose, qui les avait rejoints, se fit un plaisir d'annoncer qu'en effet, il y avait une carrière à Ardry End. Grâce à Ruthven, il avait appris récemment que son père en avait fait aménager une pour les futurs exploits équestres de son fils. Toutefois, Melrose avait déçu ses espoirs : petit, déjà, il détestait monter et s'était même pris d'aversion pour son poney. Quand son père lui martelait qu'il devait s'entraîner pour pratiquer un jour la chasse à courre, sa mère tant aimée lui clouait le bec d'un simple : « Pourquoi ? »

Bien que d'humeur solitaire, Melrose accompagna le petit groupe à travers bois, Gerrard conduisant Chagriné par la bride. Pas étonnant qu'il n'ait jamais soupçonné l'existence de la carrière : elle était cachée derrière des chênes et des châtaigniers, et il ne s'était jamais aventuré aussi loin de la maison. Il se souciait peu de sa propriété, cette idée lui étant étrangère. En revanche, il attachait beaucoup de prix à la notion d'héritage.

— C'est la brousse, ici, marmonna Gerrard. Faudrait m'entretenir tout ça, Mel, ajouta-t-il en sellant Chagriné.

— Désolé, mais je ne m'attendais pas à la visite de M. Jenks. Sinon, j'aurais chargé Blodgett de rassembler les feuilles et de donner un coup de râteau. Et qui t'a permis de monter ce cheval ? C'est à Sydney de le faire !

Melrose et Gerrard se querellèrent un moment sur le sujet avant que George Jenks les interrompe :

— Ça vous ennuie si je le monte ?

Tous le regardèrent d'un air surpris.

— Vous ? dit Melrose.

— Tous les entraîneurs savent monter, monsieur Plant. C'est indispensable, dans notre métier. À moins que vous n'y voyiez un inconvénient.

— Pas du tout !

Jenks ne se hissa pas en selle : il donna l'impression de s'envoler, tel un oiseau. Une fois calé dans les étriers, il fit claquer sa langue. Comme s'il n'attendait que ce signal depuis sa naissance, Chagriné pénétra dans la carrière, passant progressivement du pas au trot, puis au galop, avant une accélération fulgurante.

— Ouah ! s'exclamèrent Sydney et Gerrard à l'unisson.

Après un tour de piste, Jenks ramena Chagriné à son point de départ, sauta à terre et tendit les rênes à Gerrard, qui lui demanda :

— Vous avez pas eu peur ? Il courait drôlement vite !

Jenks esquissa un sourire.

— Pas aussi vite qu'il l'aurait pu. J'ai dû le retenir.

— Ah ouais ? fit Gerrard, stupéfait. C'était qui, le cheval le plus rapide qui ait jamais existé ?

George Jenks réfléchit.

— C'est une question difficile, mais je dirais Secretariat. Un mélange exceptionnel de vitesse, de puissance et d'endurance. Secretariat était une vraie tornade, si l'on peut donner un sens positif à ce terme.

35

Sitôt que Jenks se fut retiré en promettant de revenir bientôt, Melrose annonça à Ruthven qu'il sortait.

Il se rendit au Jack and Hammer, où il retrouva Vivian, Joanna, Diane, Trueblood et l'exaspérant Theo Wrenn Brown.

Diane pérorait à propos du dopage dans le milieu hippique :

— La commission de discipline l'a convoqué. On avait découvert une seringue parmi ses affaires, juste avant les Oaks d'Epsom. C'était le cheval de Bork Sands… Silver Sands, je crois.

— Comment se fait-il que tu connaisses aussi bien le monde des courses, Diane ? s'étonna Melrose. Et d'abord, qui est Bork Sands ?

La porte du pub s'ouvrit alors, et George Jenks entra dans l'établissement, au grand étonnement de Melrose. Il se dirigea vers leur table et plaqua un baiser sur la joue de Diane.

Cinq poitrines laissèrent échapper un hoquet de stupeur.

— Salut, mon chou, dit George à Diane.

Mon chou ?

— Salut, Georgie.

Georgie ?

Quand George étendit le bras sur le dossier de la chaise de Diane, les autres eurent du mal à ne pas brandir leurs portables pour immortaliser l'instant.

Mme Withersby n'eut pas cette délicatesse. Ne possédant pas de portable, elle exprima sa surprise en lâchant simultanément un juron et son balai-brosse, qui éclaboussa les chaussures de Theo Wrenn Brown.

— Je vous présente George Jenks, dit Diane. Mon ex-mari.

Cinq verres s'abattirent bruyamment sur la table.

— Un parmi d'autres, plaisanta George.

— Les autres ne sont pas les bienvenus.

George alluma la cigarette que Diane venait de sortir de son étui et se tourna vers Melrose.

— La relation commune dont je vous parlais, dit-il en désignant son ex-femme du menton. Pardon d'interrompre votre conversation.

— Nous discutions chevaux et dopage, reprit Diane. Tu connais un certain Bork Sands ? C'est un entraîneur.

George éclata de rire

— Ce vieux Borkster ! Je le connais, bien sûr. Sauf qu'il n'est pas entraîneur, mais vétérinaire.

— Un véto ? Il travaille pour quelle écurie ?

— Pour plusieurs. Mais son principal client, c'est l'écurie Summerston. Tu te rappelles Epiphany ? Il a remporté les St. Leger Stakes, entre autres épreuves. Un palmarès étonnant, pour un cheval aussi médiocre.

Sans un jockey d'exception et un coup de pouce de Dieu, il ne serait jamais sorti du peloton.

— Tu sous-entends qu'il était dopé ?

— Tout ce que je veux dire, c'est qu'on ne fait pas appel à Bork Sands pour soigner une simple toux.

Trueblood intervint :

— On aurait pu droguer le cheval à l'insu de son propriétaire, non ?

George le dévisagea comme s'il était fou ou qu'il avait 5 ans.

— Qui aurait eu intérêt à faire une chose pareille ? demanda-t-il.

— Quoi qu'il en soit, reprit Trueblood, quelqu'un a bien dû soupçonner quelque chose !

— Pas forcément. Écoutez, je ne prétends pas qu'Epiphany était dopé. Mais s'il l'était, Summerston ne pouvait pas l'ignorer. Si ça s'était ébruité, ça aurait causé un énorme scandale.

— À ce propos…

Tous les regards convergèrent vers Trueblood.

— Vous connaissez ce torchon à ragots, *Comeback* ? Il y a quelques semaines, il s'est intéressé au passé militaire de Summerston. Celui-ci a été récompensé pour avoir pris une mitrailleuse ennemie, pendant la guerre de Corée, et sauvé ainsi son unité. Mais un homme affirme que son père était le véritable auteur de cet exploit. Il souhaite que la reine retire sa médaille à Summerston, à titre posthume.

— C'est possible ? s'enquit Vivian.

— À travers l'histoire, des tas de types ont dû rendre leurs décorations à cause d'une condamnation en justice, d'un scandale financier ou sexuel, que sais-je encore ? Mentir sur ses faits d'armes me semble une raison valable.

— Si cette requête aboutit, observa Melrose, la réputation des Summerston sera à jamais ruinée.

Jury avait dit vrai : sir Gerald aurait eu grand besoin d'un ange gardien à ses côtés.

Sixième partie

LE CYGNE NOIR

36

Macalvie avait envoyé une voiture chercher Jury et Plant à l'aéroport d'Exeter. En entrant dans son bureau, ils croisèrent, ou plutôt, ils se heurtèrent à Gilly Thwaite, qui en sortait, l'air furieuse.

Tom Brownell occupait un des fauteuils face à Macalvie. Celui-ci reposa le dossier qu'il feuilletait pour les accueillir. Une immense girafe en peluche trônait à côté de lui.

— Qui est-ce ?

Macalvie jeta un coup d'œil à la girafe, comme pour s'assurer qu'ils parlaient bien de la même chose.

— Oh, ça ? Je vous présente Jerome, mon nouvel officier de scène de crime. Gilly Thwaite vient de démissionner. Comme vous l'aurez deviné, elle n'est pas ravie du choix de son remplaçant.

— Bonjour, Tom, dit Melrose.

— Bonjour, Melrose. Vous accompagnez Richard sur Bryher ? Dans ce cas, emmenez Jerome.

— Comment se fait-il que je n'éprouve pas le besoin de voyager avec une peluche ?

— Ça, je n'en sais rien. Mais celle-ci devrait rendre la présence policière moins intimidante.

— Et pourquoi mon rôle se limite-t-il toujours à faire diversion ? Je préférerais qu'on m'apprécie pour ma contribution à l'enquête.

— C'est le moment de faire vos preuves, dit Macalvie. Tom compte sur vous pour mettre Zillah en confiance.

— Pourquoi moi ? Parce que je parle couramment la girafe ?

Tom s'esclaffa.

— Le plan, expliqua-t-il, c'est de déstabiliser Zoe le temps que Zillah dise quelque chose à propos du meurtre sur la plage.

— Vous devriez venir aussi, Tom.

Brownell secoua la tête.

— Ce ne serait pas une bonne idée de débarquer à trois, objecta-t-il. Et de toute façon, j'ai rendez-vous avec le Dr Park. Howe Park. Vous vous rappelez, Richard ? Il était le médecin-chef de l'hospice il y a six ans, à l'époque où Manon Vinet y aurait séjourné.

— Eh bien, messieurs, reprit Macalvie, qu'attendez-vous pour vous mettre en selle ? Au fait, Tom, on a reçu le dossier médical de Moira. Vous vous demandiez…

— … si elle avait subi un avortement.

— Vous aviez raison, une fois de plus. Il faudra que vous me donniez votre secret.

Il appela sa secrétaire.

— Effie, ces messieurs ont besoin qu'on les conduise à l'aéroport. Ne faites pas cette tête. Je ne pensais pas à vous. Trouvez-moi quelqu'un qui sache tenir un volant.

Jury et Melrose s'envolèrent pour Sainte-Marie avec la girafe, calée sur un strapontin.

— On est ridicules, marmonna Jury en montant à bord du bateau pour Bryher.

— Bah ! Ce n'est pas la première fois.

— Parle pour toi ! Moi, j'avais réussi à conserver ma dignité jusqu'ici.

— Eh bien, il y a une fin à tout.

Depuis la visite de « ce cher M. Brownell », Hilda Noyes répugnait moins à accueillir des policiers sous son toit, même accompagnés d'une girafe en peluche.

Jury lui présenta Plant et demanda s'ils pouvaient s'entretenir avec ses nièces.

Celles-ci apparurent comme par enchantement. Zoe tenait fermement la main de Zillah, dont les yeux, remarqua Melrose, s'arrondirent à la vue de Jerome.

Hilda Noyes les invita à s'asseoir. Jury prit place dans un fauteuil tandis que Melrose s'installait sur la causeuse avec la girafe.

— Et les filles ? s'enquit Jury. Elles ne vont pas rester debout.

— Je ne sais pas si…

Sans attendre l'autorisation de sa tante, Zillah lâcha la main de son aînée. Puis elle rejoignit Melrose sur la causeuse et serra la girafe contre elle.

— Madame Noyes…

— Oui ?

— Qui vous a confié Zillah, bébé ?

— Une amie de sa mère. La petite a tout oublié, bien sûr…

— Pas moi, affirma Zoe. J'avais presque 8 ans à l'époque.

Jury s'adressa à elle :

— C'était la femme dont vous avez trouvé le corps ?

Zoe fit non de la tête.

— Tu te souviens de Mme Cooke ? lui demanda alors Jury.

Zoe tressaillit.

— Elle est morte, dit-elle.

— Tu m'as parlé d'elle, intervint Zillah.

— Tais-toi ! ordonna Zoe. Oui, répondit-elle à Jury. Je m'en souviens.

— Et de Manon Vinet ?

— Je ne sais pas qui c'est.

— Mais si. C'est même toi qui l'as attirée sur la plage.

— Ça, c'est la meilleure ! protesta l'adolescente. Je ne l'avais jamais vue avant !

— Mais tu savais qui elle était. Je parie que tu avais lu le courrier où elle annonçait sa venue à ta tante. Je crois aussi que ta tante t'avait chargée de lui délivrer un message au Hell Bay, probablement pour lui donner rendez-vous à l'hôtel.

Jury jeta un coup d'œil à Hilda Noyes, qui affichait un visage de marbre.

— Avoue-le, Zoe, reprit-il. Tu as rédigé toi-même une lettre que tu as signée du nom de ta tante.

— Tu m'as dit que c'était une sorcière, murmura Zillah en serrant la girafe contre elle.

— Tais-toi ! gronda Zoe. C'est n'importe quoi, ajouta-t-elle à l'intention de Jury. Bientôt, vous allez m'accuser de l'avoir tuée. Où est-ce que j'aurais trouvé une arme, d'abord ?

— Chez Jack Couch. Il t'en a fourni une en échange du Sig-Sauer P226 de ton père.

Zoe se tourna vers Zillah en hurlant :

— Tout ça, c'est ta faute !

Hilda Noyes avait suivi cet échange avec une inquiétude manifeste.

— Zoe, intervint-elle, dois-je comprendre que Zillah et toi avez rejoint cette femme sur la plage la nuit où elle est morte ?

— Non, c'est faux ! Zillah a tout inventé.

— C'est elle qui ment ! se défendit Zillah. Elle m'a dit que la dame était une méchante sorcière !

Zoe la dévisagea avec une fureur glaciale qui fit frissonner Jury. S'il avait eu 6 ans, la terreur l'aurait rendu aussi muet que Zillah, qui serrait le cou de la girafe assez fort pour l'étrangler. Il passa un bras protecteur autour de l'une et l'autre.

— Tout va bien, Zillah, dit-il. Ne crains rien. La dame que tu as vue n'était ni une sorcière ni un fantôme. Ne pleure pas.

La petite fille sanglotait bruyamment. Jury fit signe à Melrose de le remplacer, puis il se leva et se dirigea vers Zoe.

— Elle allait emmener Zillah ! cria celle-ci.

— C'était sa mère, répliqua Jury. Après toutes ces années, elle était revenue la chercher.

— Zillah est à moi ! À moi ! Toutes les deux, on n'a jamais été séparées depuis qu'elle est bébé. Cette femme n'avait pas le droit de me la prendre. Je voulais lui dire de renoncer, mais elle était déjà morte quand on est arrivées !

« Elle est à moi ! » Après cet aveu d'une infinie tristesse, Zoe parut s'affaisser sur elle-même, telle une coque vide.

37

— Vraiment, inspecteur, dit le Dr Park, je ne peux rien vous dire.

Park avait reçu Brownell dans le bureau de sa résidence, à Saint-Just.

— Au contraire, docteur. Je pense que vous pouvez me renseigner sans pour autant violer le secret médical. Vous dites que le bébé a passé deux semaines à l'hospice avant d'être confié à une amie de sa mère. J'ai le sentiment que vous la connaissiez.

— Qu'est-ce qui vous fait croire ça ?

— Les Summerston ont fondé l'établissement. Il n'y aurait rien d'étonnant à ce qu'ils l'aient utilisé au bénéfice de leur famille ou de leurs relations.

— Vous faites erreur. L'hospice a vocation à accueillir les malades, les indigents et toutes les personnes dans le besoin.

— Tout dépend du type de besoin. Cette amie, celle qui a emmené le bébé, était très connue sur Bryher. Elle s'appelait Daisy Cooke.

L'expression du médecin était éloquente.

— Elle est morte à présent, poursuivit Tom. De même que la mère de la petite fille, Manon Vinet. Comme vous le savez, Mlle Vinet a été tuée. Le moindre détail pourrait nous aider à retrouver son assassin.

Park se carra dans son fauteuil.

— Tout ce que je peux vous dire, inspecteur, c'est que l'enfant a été remise à cette Mme Cooke. Peut-être celle-ci l'a-t-elle officiellement adoptée.

— Ce n'est pas le cas.

— Si vous en êtes sûr, pourquoi…

— Je le sais parce que Mme Cooke était ma fille.

38

Tom s'arrêta en route pour appeler Jury.

— Où en êtes-vous, Richard ?

— Nous nous apprêtons à embarquer pour Land's End.

— J'y serai avant vous. Donnons-nous rendez-vous à l'Old Success afin de comparer nos notes.

— Je n'ai pas pris de notes, mais j'ai une théorie, même si elle ressemble un peu trop à celle du cygne noir. Un instant !

Il y eut un silence, puis Jury ajouta :

— Plant en a une autre – une sorte d'hypothèse du cygne gris. Il prétend même qu'elle est bien meilleure que la mienne.

— Et Jerome ? Il pense quoi de tout ça ?

— Oh ! Nous l'avons offert à Zillah. Elle était folle de joie.

— J'espère qu'elle en prendra bien soin. À tout à l'heure.

Tom attendit que le barman les ait servis pour commencer :

— Le Dr Park n'était pas très loquace. Mais quand j'ai mentionné Daisy, sa réaction m'a confirmé que j'avais vu juste : c'est elle qui a fait sortir le bébé de l'hospice.

— Pour le confier à Hilda Noyes, enchaîna Jury. À plusieurs reprises, elle est revenue prendre de ses nouvelles, jusqu'à ce qu'elle…

Il se tut, incapable d'achever.

— Ça ne m'étonne pas de Daisy, dit Tom, imperturbable. Elle ne pouvait que compatir au sort de Manon Vinet, même si elle la connaissait à peine. Ma fille était ce genre de personne.

— Je sais, acquiesça Jury. Vous pouvez me croire, ajouta-t-il devant l'air dubitatif de Tom.

Tom Brownell n'insista pas.

— À présent, j'ai hâte d'entendre vos théories, reprit-il. Richard ?

— Zoe Noyes.

— Zoe ? Vous parlez d'un cygne noir ! Elle a quoi ? 14 ans ?

— Il n'y a pas d'âge pour commettre un meurtre, Tom. Et elle avait un mobile en or : Manon Vinet allait emmener Zillah. Pour Zoe, c'était comme si on lui avait arraché son enfant. Elle a écrit à Manon en se faisant passer pour sa tante, lui donnant rendez-vous sur la plage. Et elle a pratiquement admis qu'elle disposait d'une arme à feu.

— Une *arme à feu* ? Où se l'est-elle procurée ?

— Zoe a hérité du pistolet Sig-Sauer de son père. Jack Couch, un collectionneur local, le convoitait. Peut-être ont-ils procédé à un échange…

— Aucun adulte responsable ne proposerait une telle transaction !

— Qui vous dit que Jack n'est pas irresponsable ?

— Que faites-vous de Tony Servino et de Moira Quinn ? Zoe n'a pas pu les tuer aussi.

— Je suis d'accord. Il y a forcément un deuxième assassin.

Tom se tourna ensuite vers Melrose.

— Votre hypothèse ?

— Eleanor Summerston. Ne me regarde pas comme ça, Richard ! De tous les suspects potentiels, c'est elle qui a le mobile le plus solide. Elle était prête à tout pour préserver la réputation de son mari. En plus, elle détestait Servino, que Gerald avait probablement chargé de régler une ou deux affaires gênantes, comme cette requête au sujet de sa médaille. Sa présence à Watermeadows ce soir-là ne risquait pas d'éveiller les soupçons : après tout, elle était chez elle ! Nous savons aussi que c'est une fine gâchette.

» Elle avait également de bonnes raisons de vouloir éliminer Manon Vinet. Je suppose qu'elle est tombée sur celle-ci au Hell Bay Hotel. Elle l'a invitée à prendre un verre, en souvenir du bon vieux temps, puis elle lui a proposé une promenade sur la plage avant de l'abattre.

— Possible, grogna Tom. Mais pourquoi tuer Moira Quinn ? Celle-ci n'était qu'une domestique à ses yeux.

— Eleanor connaissait le penchant de son mari pour les employées de maison. Peut-être a-t-elle deviné que Moira avait été enceinte de Gerald.

— C'est peu plausible.

— Moira travaillait à Summerplace à la même époque que Manon Vinet. Lady Summerston craignait peut-être qu'elle n'ait découvert la liaison de Mlle Vinet avec son époux ?

Tom secoua la tête.

— L'un comme l'autre, vous vous entêtez à nier l'évidence.

Jury et Plant échangèrent un regard.

— Quelle évidence ?

— Le cygne blanc. Flora Flood.

Comme les deux hommes le dévisageaient, muets de stupeur, Tom enchaîna :

— C'est elle qu'on a trouvée près du corps avec une arme à la main. Et elle avait encore plus de raisons qu'Eleanor Summerston de vouloir tuer Tony Servino, qui l'avait quittée pour Daisy. Flora n'est pas du genre à accepter les rebuffades.

— Mais le second coup de feu… ? protesta Melrose.

— Elle n'avait qu'à reculer en direction de la porte-fenêtre, tirer à nouveau et prétendre qu'elle avait aperçu un intrus.

— Et le meurtre de Manon Vinet ? À aucun moment, les soupçons ne se sont portés sur elle.

— Normal : la police ignorait l'existence du bébé que Manon avait eu avec Gerald. Si la jeune femme avait révélé cette liaison, la réputation de lord Summerston en aurait pris un coup. Et ça, Flora ne pouvait pas l'admettre.

— Vous croyez qu'elle a également tué Moira Quinn ? demanda Jury.

— Oui. Elle devait savoir que Summerston avait été son amant.

— Mais il avait au moins 70 ans, sans parler de sa maladie, objecta Melrose.

Tom eut un rire cassant.

— Il en aurait fallu davantage pour freiner les ardeurs d'un homme qui avait multiplié les conquêtes tout au long de sa vie ! Eleanor a admis qu'elle avait renvoyé deux employées trop proches de son mari ; Betsy Quinn nous l'a confirmé. Et combien d'autres y en a-t-il eu ? Gerald Summerston était insatiable, et il contrôlait aussi mal ses pulsions qu'un alcoolique. À ses yeux, toute femme était une opportunité.

— Même Flora ?

— Absolument. Je suis persuadé qu'elle était amoureuse de Gerald, et qu'Eleanor avait des soupçons. Ça la plaçait dans une situation délicate : elle pouvait congédier une domestique, mais sa propre nièce ?

— Le bébé de Manon pouvait prétendre à une partie de la fortune des Summerston, remarqua Jury. Elle avait fait signer une reconnaissance de paternité à Gerald en le menaçant de tout dévoiler à sa femme. Ainsi, Zillah aurait touché sa part d'héritage au décès d'Eleanor. L'associée de Manon, Gabrielle Belrose, affirme détenir ce document.

— Document qui n'aurait aucune valeur devant un tribunal, déclara Melrose. N'importe quel avocat digne de ce nom réduirait ses prétentions à néant.

— Mais Gerald aurait sans doute préféré épargner cette humiliation à Eleanor.

— En supposant que vous ayez raison, et que Flora soit bien l'assassin, vous ne pouvez pas le prouver.

— Nous trouverons des preuves demain, répliqua Tom en levant son verre vide. Mais pour l'heure, je propose de boire une dernière bière avant de nous coucher. C'est ma tournée !

39

— Où va-t-on ? demanda Melrose comme ils montaient à bord de sa Rolls, le lendemain matin.

— À Watermeadows, répondit Tom.

— C'est à six heures de route !

— Nous allons prendre l'avion pour Londres-City. De là, il nous faudra moins de deux heures pour atteindre Northampton par la M1. Si toutefois ça ne t'ennuie pas de laisser ta voiture à l'aéroport d'Exeter…

— Pas de souci ! affirma Melrose en faisant démarrer le moteur. J'en ai plusieurs autres.

Après une heure de vol, ils atterrirent à Londres-City, où les attendait une voiture de location.

— Rien ne dit que Flora Flood sera à la maison, fit observer Jury tandis qu'ils roulaient vers Northampton.

— Elle sort rarement, répondit Melrose. Et il y a un moyen très simple de s'en assurer. L'un de vous a-t-il allumé son portable ?

Jury tira le sien de sa poche.

— Appelle chez moi, reprit Melrose.

Ruthven décrocha.

— Lord Ardry souhaite vous parler, lui dit Jury avant de tendre l'appareil à Melrose.

— Ruthven ? Pourriez-vous me passer Gerrard ?

Les échos d'un échange animé parvinrent aux oreilles de Melrose, qui ne s'en alarma pas : avec l'adolescent, rien n'allait jamais de soi.

— Gerrard, j'aimerais que tu fasses un saut à Watermeadows… Quoi ? Oh ! Je te fais confiance pour inventer un prétexte. Débrouille-toi pour éloigner Bub de la bibliothèque… Elle ne va pas exploser, non ! Mais nous serons là-bas dans moins d'une heure, et nous avons besoin de voir Flora Flood seule. Bien !

Melrose s'apprêtait à raccrocher, mais il se ravisa.

— Une dernière chose : si quelqu'un arrive à Watermeadows avant nous, préviens-nous.

Il rendit le téléphone à Jury, qui indiqua son numéro à Gerrard.

Tom prit l'appareil à son tour.

— Gerrard, tâche de découvrir dans quelle pièce se trouve Flora et s'il y a quelqu'un d'autre dans la maison. Fais vite.

Il ne s'écoula que quelques minutes avant que le portable de Jury sonne. Il décrocha et écouta.

— D'accord, merci.

Il se tourna ensuite vers ses compagnons.

— Flora est dans la cuisine. Gerrard a convaincu Bub de monter jouer avec lui dans sa chambre.

Tom sortit son propre téléphone et tenta de joindre l'inspecteur en chef Brierly, qui était absent.

— Qu'il me rappelle à son retour, dit-il à la secrétaire. C'est important.

Moins d'une demi-heure plus tard, Melrose garait la voiture dans l'allée de Watermeadows. Flora Flood leur ouvrit. À la vue des trois hommes, la surprise se peignit sur son visage, puis elle s'efforça de sourire. N'y parvenant pas, elle se composa un masque impassible.

— Entrez, dit-elle. Même si j'ignore la raison de cette visite.

— Vraiment, vous ne devinez pas ? fit Tom. Pourrions-nous aller dans la bibliothèque ?

Son portable sonna alors.

— C'est Brierly, glissa-t-il à Jury. Un instant !

Il leur tourna le dos et décrocha.

— Ian ? Tom à l'appareil. Watermeadows. Non, tout de suite. Oui, c'est urgent. Merci.

Flora hésita avant de les introduire dans la bibliothèque. La cheminée n'étant pas allumée, il y faisait encore plus froid que dans le hall.

— Allez-vous me dire ce que vous êtes venus faire ici ? demanda-t-elle.

— Nous attendons l'inspecteur en chef Brierly.

— Mais enfin, pourquoi ?

— Nous voulions revoir la scène de crime.

— Pour quelle raison ? Vous disposez d'éléments nouveaux ?

Tom eut un rire bref.

— On peut dire ça. Il s'est passé beaucoup de choses depuis le soir où votre mari a été tué.

— J'ai froid, reprit Flora. Je vais allumer le feu.

Jury l'arrêta comme elle se dirigeait vers la cheminée.

— Je vais le faire, dit-il.

— Je suis parfaitement capable…

— Je n'en doute pas.

— Vous permettez que je me serve un whisky ? À moins que vous ne vouliez vous en charger…

— Je vous en prie. Mais n'ouvrez aucun tiroir, ajouta Jury en attisant les flammes.

Flora disposa quatre verres sur la desserte et leur montra la bouteille de Glenlivet.

— Ça vous convient ?

— C'est parfait, approuva Melrose.

Flora déboucha la bouteille. Quand elle se retourna vers eux, elle tenait un pistolet.

— Je ne sais pas ce que vous mijotez, dit-elle, mais je n'ai pas envie de jouer aux devinettes avec vous. Quand l'inspecteur en chef Brierly garera sa voiture devant la maison, nous sortirons tous, et je pointerai cette arme sur l'un d'entre vous. Monsieur Plant ? Approchez !

Melrose surprit alors un déclic qui n'était pas celui du cran de sûreté du pistolet. Quand il l'entendit de nouveau, il s'avança vers Flora.

— Vous feriez mieux de poser ça, lui dit-il. Vous ne faites qu'aggraver votre cas.

— *Mon* cas ? Ah ah ! Très drôle.

— Vous avez déjà tué trois personnes. Nous sommes au courant pour Manon Vinet et Moira Quinn.

Melrose fit un pas de plus.

— Stop ! lui cria Jury.

Flora fit feu et manqua sa cible. Au même moment, Gerrard s'élança du balcon, accroché au lustre, et se jeta sur elle avant qu'elle tire à nouveau. Jury se précipita pour ramasser l'arme. En se retournant, il vit Brownell presser un mouchoir ensanglanté sur sa jambe.

— Tom ! hurla-t-il.

— Ce n’est qu’une égratignure. Je vous avais bien dit que nous trouverions des preuves !

Melrose félicita Gerrard :

— Bien joué, mon garçon ! Je me doutais que tu manigançais quelque chose avec le lustre, mais je ne m’attendais pas à un numéro de haute voltige !

Le gosse lui adressa un sourire radieux.

— Qu’est-ce que vous en dites ? Je pourrais peut-être me faire embaucher à Scotland Yard ?

— Plutôt au Cirque du Soleil !

Septième partie

RETOUR DE FLAMME

40

— *Bugsy Malone* ? Vous allez confier notre cheval à un type qui a un nom de gangster de comédie musicale ? Pourquoi pas à Danny DeVito ? Merde, alors ! *Bugsy ?* répéta Gerrard, le regard levé vers le ciel bleu pâle.

— Officiellement, il se prénomme Burgess, expliqua George Jenks. Mais ça ne sonne pas bien pour un jockey.

— C'est pas pire que Gerrard, objecta celui-ci en mastiquant son chewing-gum. Le gars, c'est pas non plus Lester Piggott[1] !

— Et ce cheval n'est pas Nijinsky II. Pardon ! ajouta précipitamment George devant l'air froissé de Chagriné.

— Y a pas de mal !

— Ce n'est pas à toi que je parlais.

Cette querelle avait commencé plusieurs semaines plus tôt. Sydney et Gerrard se disputaient alors l'honneur de monter Chagriné pendant les Sundown Stakes,

---

1. Ancien jockey britannique considéré comme l'un des plus grands de l'histoire. Il a notamment monté Nijinsky II, l'un des meilleurs chevaux de course du XXe siècle. *(N.d.T.)*

une course organisée chaque mois de mars par un petit hippodrome proche de Northampton.

George leur avait fait remarquer que ni l'un ni l'autre ne détenaient une licence de jockey, et qu'ils n'auraient pas le temps d'en obtenir une avant l'épreuve. De toute manière, même si Gerrard parvenait à prouver qu'il avait 16 ans (comme il prétendait pouvoir le faire grâce à de mystérieuses relations dans le Nord londonien), l'âge minimum requis était de 18 ans.

Gerrard ponctuait toutes ses interventions d'un « Merde, alors ! » vigoureux, y compris ses allusions au *Couloir de la mort*, le prochain film de Danny DeVito, consacré à la corruption dans le milieu hippique, qu'il avait inventé de toutes pièces.

Sydney avait immédiatement compati avec son rival, trouvant injuste qu'il ne soit pas récompensé pour sa réaction héroïque le jour où Flora Flood avait braqué son arme sur Melrose Plant.

— Je suis d'accord, soupira George, mais ce n'est pas moi qui fixe les règles. Tu es doué, Gerrard. Tu devrais intégrer l'école des jockeys.

Le gosse avait grimacé en entendant le mot « école », mais George enchaîna :

— Tu pourrais monter tous les matins, à condition d'avoir un tuteur.

Flatté, Gerrard se mit à mastiquer son chewing-gum deux fois plus vite.

— Si tu le souhaites, je peux te former, ajouta George. Mais tu devras aller à l'école.

Cette proposition aida à faire passer la pilule de l'école. Surtout, elle restaura la confiance de Gerrard en un entraîneur capable d'engager un type surnommé

Bugsy. Emporté par son enthousiasme, l'adolescent baissa la garde au point d'exprimer sa gratitude.

— Merci, George ! Vous pourriez me dégoter un boulot ? Je sais que vous avez le bras long.

George sourit.

— Assez, oui. Concernant Chagriné et sa participation aux Sundown Stakes, nous sommes bien d'accord ? D'ici une semaine ou une dizaine de jours, il pourra peut-être courir à Cheltenham. Là-bas, les gains s'élèvent à plusieurs millions de livres.

Gerrard faillit en avaler son chewing-gum.

— Merde, alors !

— Toutefois, j'ai peur qu'il ne soit pas prêt. Désolé, ajouta George d'un ton faussement contrit. Je n'aurais pas dû en parler. Pour le moment, on va s'en tenir aux Sundown Stakes. Deux cent mille livres, ce n'est déjà pas si mal.

Le jour de la course arriva sous un soleil radieux. Cela faisait presque trois mois que Flora Flood avait été arrêtée pour un triple homicide – arrêtée, inculpée et assignée à comparaître.

Lors de l'audience préliminaire, elle avait plaidé non coupable. Sa ligne de défense concernant le meurtre de Tony Servino n'avait pas varié. Tout au plus avait-elle fini par admettre que son mari n'était pas venu à Watermeadows pour la convaincre de renoncer à un divorce qu'il avait lui-même demandé, mais pour l'avertir qu'il refusait de faire taire Ernest Temple pour préserver la mémoire de Gerald Summerston.

En revanche, elle n'avait pu nier l'accusation de tentative d'homicide : plusieurs témoins l'avaient vue tirer sur Tom Brownell, même si elle visait en réalité

Melrose Plant. « Tout le monde commet des erreurs », avait commenté celui-ci, philosophe.

Il allait s'écouler encore plusieurs mois avant le procès de Flora, dont l'issue ne faisait guère de doute depuis que Pete Apted (ainsi que tous les membres du barreau de Londres) avait renoncé à la représenter.

« Elle a tué trois personnes pour protéger la réputation d'un mort ? s'était écrié le célèbre avocat. Grand Dieu ! Même Churchill aurait jeté l'éponge ! »

Et donc, par un beau matin de mars, un petit cortège de voitures quitta Ardry End pour se rendre à l'hippodrome de Sundowner, tractant Chagriné dans son van.

Chagriné, qui n'avait pas disputé de course depuis des années et n'avait suivi que trois mois d'entraînement – même si un trimestre avec George Jenks valait trois années avec n'importe qui d'autre –, pénétra calmement dans son box, où Sydney entreprit de le panser. Le cheval, dont la conduite exemplaire trahissait la pureté des origines et dont la robe brillait dans l'obscurité la plus dense, endura patiemment ces soins inutiles par égard pour Sydney, son humaine – pas seulement son humaine préférée, mais son double humain. Avec elle, il aurait remporté les épreuves les plus prestigieuses – le meeting royal d'Ascot, les King George Stakes, la Gold Cup, les St. Leger Stakes, le Derby d'Epsom… Ensemble, ils auraient été invincibles ! Mais il devrait se contenter d'un type qui se faisait appeler Bugsy… Tant pis !

— À cause de vous, je viens de paumer cent livres ! se plaignit Mme Withersby.

Le Jack and Hammer était fermé pour l'occasion. Alignés le long de la rambarde, ses habitués – Melrose, Diane, Joanna, Trueblood – et son personnel – Dick Scroggs et Mme Withersby – attendaient que Chagriné prenne seul le départ de la course.

— Cette fichue course est un walk-out ! enchaîna la femme de ménage.

— Pas un walk-*out*, un walk-*over*, rectifia Trueblood. Mais bravo, c'était presque ça. Et par pitié, cessez de crier sur tous les toits que vous avez perdu ! Vous n'avez rien gagné, c'est tout.

— Ne rien gagner, ça s'appelle perdre, lui rétorqua Mme Withersby avant de diriger son juste courroux vers George Jenks : Sale escroc, vous allez me le payer !

— C'est le règlement, répondit l'entraîneur, imperturbable. Ce n'est pas ma faute si les autres concurrents ont tous déclaré forfait.

— Ça, c'est vite dit ! Qu'est-ce qui prouve que vous n'avez pas versé du poison dans leurs mangeoires ?

— Bon sang, Withers ! gronda Trueblood. Vous êtes ridicule !

— Et si on pariait, rien que nous deux ? proposa George. Si Chagriné remporte la course, je double votre mise !

— Vous croyez que je vais vous filer un bifton de cent livres ? Ça représente deux mois de loyer. Pas si bête !

— Ça se discute, marmonna Trueblood.

— Vous, la grande folle, fermez-la !

La réaction de George stupéfia Jury, également accoudé à la rambarde.

— Voici ce qu'on va faire, dit l'entraîneur en sortant son portefeuille. Je vais immédiatement vous donner votre gain, à une condition : si Chagriné perd, vous me rendrez ma mise, et seulement la mienne. Qu'est-ce que vous dites de ça ?

Devant une offre aussi généreuse, même Mme Withersby fut forcée d'admettre qu'elle avait affaire à un honnête homme.

— Laissez tomber, maugréa-t-elle.

George rempocha son portefeuille et se tourna vers Diane, qui pointait ses jumelles vers la stalle de départ. Noires, robustes et si petites qu'elles prenaient à peine plus de place qu'un rang de perles, ces merveilles étaient néanmoins assez puissantes pour lui permettre de distinguer un couple qui se bécotait à en perdre haleine sur le gradin supérieur.

— Ça a dû te coûter une fortune, mon chou, lui glissa George. Seuls deux concurrents ont renoncé pour blessures. Ça laissait six propriétaires à rembourser.

Diane abaissa ses jumelles pour le regarder.

— Oh ! Pas tant que ça. Les droits d'inscription s'élevaient à quinze mille livres par cheval. Je voulais juste assurer la victoire de Chagriné.

— Ça fait quand même quatre-vingt-dix mille livres.

— Bravo, George ! Je ne te savais pas aussi doué pour le calcul.

George Jenks semblait le plus affable des hommes. Comment Diane avait-elle pu l'exaspérer au point de le pousser au divorce ? Mais peut-être ces deux-là se ressemblaient-ils trop pour pouvoir se compléter.

Jury songea à Tony Servino et à Daisy Brownell, le cœur serré. S'ils n'avaient pas perdu leur course contre la mort, ils auraient pu partager ce moment avec eux.

Entre-temps, Chagriné avait jailli sur la piste. Dressé sur les étriers, Bugsy Malone donnait l'impression d'affronter une douzaine de rivaux.

— On aurait gagné même sans tricher, affirma George.

Diane pivota vers lui.

— C'est à peu près ce que tu m'as dit le jour où tu es parti : « Toi et moi, ça aurait pu marcher. »

— Ah oui ?

George la regarda longuement, puis il l'attira contre lui juste comme Chagriné prenait le virage et les dépassait dans un grondement de tonnerre. Au lieu d'effleurer sa joue, ses lèvres se plaquèrent sur celles de la jeune femme.

Avec un sans-gêne aussi phénoménal que la vitesse de Chagriné, tous les témoins tirèrent leurs portables de leurs poches ou de leurs sacs à main et se pressèrent contre la rambarde afin d'immortaliser la scène.

Jury fut le seul à s'abstenir, non par discrétion, mais parce que la batterie de son appareil était déchargée, comme d'habitude.

Quel miracle ! pensa-t-il. *Nous traînions nos misérables vies au milieu du peloton, sans cesse bousculés, cravachés et distancés par plus fort et plus rapide, quand ce baiser est arrivé. Un baiser qui n'en finit pas, se déploie à travers l'espace et le temps, s'élance en labourant le sol de ses sabots, vole vers la victoire dans une échappée royale et solitaire...*

Et par un autre miracle, Chagriné remporta la course.

Composition et mise en pages
FACOMPO, Lisieux

Imprimé en Italie par
Grafica Veneta S.p.A.
à Trebaseleghe (PD)
en juillet 2023

#lisez! engagé
www.lisez.com
Pour plus d'information :
Imprimé sur du papier issu de forêts gérées durablement.

POCKET – 92, Avenue de France – 75013 Paris